Claudia Frieser

Der Kirchendieb

Ein Abenteuer aus dem Mittelalter

Claudia Frieser, geboren 1967, studierte Archäologie des Mittelalters und der Neuzeit, nahm an Ausgrabungen teil und arbeitete am Germanischen Nationalmuseum in Nürnberg. Mittlerweile lebt sie als erfolgreiche Kinderbuchautorin mit ihrer Familie in Bamberg.

Peter Knorr wurde 1956 in München geboren und lebt heute als freischaffender Illustrator mit seiner Familie in Nierstein am Rhein. Er hat viele Bilderbücher gezeichnet, noch mehr Bücher ausgestattet und zusammen mit seiner Frau Doro Göbel auch eigene Buchprojekte verwirklicht.

Doro Göbel, geboren 1958, studierte Kunsterziehung in Mainz und arbeitet seit 1986 als freischaffende Künstlerin und Illustratorin. Sie ist mit Peter Knorr verheiratet. Das Paar hat schon mehrere Bände der Reihe Tigerauge ausgestattet.

Claudia Frieser

Der Kirchendieb

Ein Abenteuer aus dem Mittelalter

Mit Illustrationen
von Peter Knorr und Doro Göbel

dtv

Von Claudia Frieser sind außerdem bei dtv lieferbar:
Oskar und das Geheimnis der verschwundenen Kinder
Oskar und das Geheimnis der Kinderbande
Oskar und das Geheimnis des Klosters
Oskar und das geheimnisvolle Volk

MIX
Papier | Fördert gute Waldnutzung
FSC® C019821

Neuausgabe
10. Auflage 2025
2015 dtv Verlagsgesellschaft mbH & Co. KG
Tumblingerstraße 21, 80337 München
produktsicherheit@dtv.de

Umschlagkonzept: Balk & Brumshagen
Umschlagbild: Peter Knorr
Gesetzt aus der Caslon 12,5/16'
Gesamtherstellung: Druckerei C.H.Beck, Nördlingen
Printed in Germany · ISBN 978-3-423-71619-2

Inhalt

Rache ist süß

»Das hast du nun davon, du eingebildeter Pfeffersack! Dein Benehmen stinkt zum Himmel. Und das soll nun die ganze Welt wissen.« Johanna grinste zufrieden und gab einem kleinen Jungen ein Zeichen. Seine Kleidung war wie die der anderen Kinder viel zu groß und mehrmals geflickt.

»Du bist dran, Lenz!«

Der Junge lächelte schadenfroh, griff nach einem vollen Holzeimer und leerte den stinkenden Inhalt über sein Opfer aus.

Andreas hatte keine Chance, sich zu wehren. Sämtliche Flüche, die er ausstieß, halfen ihm nichts. Claeß und Krischer hatten ihn fest im Griff.

Die anderen Kinder, Jungen und Mädchen im Alter von sieben bis zehn Jahren, die ihm den Fluchtweg aus der schmalen Gasse versperrten, hielten sich angewidert die Nasen zu, als der Schweinemist an Andreas hinunterlief. Dann jubelten sie lautstark.

Johanna sah, wie gut es ihnen tat. Sie alle hatten es nicht einfach. Ihre ausgemergelten Körper und blassen Gesichter waren von Hunger gezeichnet, die Kleidung war schon von vielen anderen vor ihnen getragen worden. Da waren die Anna und ihre jüngere Schwester, das Märtlein, der kleine Lenz, die stumme Agnes und der hinkende Gerch. Claeß, Krischer und Zecke waren die ältesten der Jungen. Sie alle lebten von der Hand in den Mund. Das, was sie und ihre Eltern durch Tagelöhnerarbeiten verdienten, reichte oft nicht aus. Manchmal blieb nur das Betteln vor den Kirchen, um nicht zu verhungern. Sie hatten sich zu einer Bande zusammengeschlossen, um sich gegenseitig vor niederträchtigen Erwachsenen zu beschützen, aber auch vor jenen Gleichaltrigen, wie diesem Andreas und seiner Bande eingebildeter Kaufmannssöhne, die sich selbst *Die Gilde* nannten. Keine Gelegenheit ließen diese aus, um sie zu beleidigen, zu treten und zu bespucken. Sie selbst nannten sich *Weiße Rose*. Weiß, weil sie immer redlich bleiben wollten, und Rose, weil sie ebenso wehrhaft waren.

Heute Morgen hatten Johanna und ihre Freunde sich in das Gebiet der »Pfeffersäcke« gewagt. Im Schatten eines schmalen Durchgangs, der von der prachtvollen Straße abzweigte, hatten sie sich auf die Lauer gelegt und gewartet. Gleich um die Ecke wohnte Andreas, deren Anführer. Johanna wusste, dass er früher oder später hier entlangkommen würde, wie jeden Tag außer sonntags. Sein Vater konnte es sich leisten, seinen Sohn auf die feine Lateinschule in diesem Teil der Stadt zu schicken. Der Überfall von Johanna und ihren Freunden kam für Andreas so überraschend, dass er nicht den Hauch einer Chance hatte zu entkommen. Lautlos und unbemerkt hatten sie sich den Jungen gegriffen und in die menschenleere Gasse geschleift.

»Ihr stinkendes Lumpengesindel! Das werdet ihr mir noch büßen!«, brüllte Andreas.

»Das geschieht dir ganz recht, du verzogenes Muttersöhnchen! Wie nennt deine feine Bande uns immer?« Johanna machte eine kurze Pause und tat so, als würde sie angestrengt nachdenken. »Ach ja! *Stinkende Straßenköter*. Nun, ich kenne nur einen, der hier pestilenzartig stinkt, und das bist du!« Das Mädchen lachte und gab den anderen ein Zeichen, den vor Ekel würgenden Andreas loszulassen.

»Kommt! Hier stinkt es mir zu sehr. Lasst uns gehen!« Lauthals lachend rannten sie davon. Nur kurz drehte sich Johanna um und sah Andreas hinterher, der wild nach den Fliegen schlug, die er im Nu magisch anzog.

Das geschieht ihm recht, dachte Johanna. Bei jeder sich bietenden Gelegenheit waren Andreas und seine Freunde herablassend und gemein zu ihnen. Erst gestern hatten sie den kleinen Lenz gezwungen, Regenwürmer zu essen. Er hatte vor St. Ursula gesessen und für sich und seine Familie gebettelt. Unter dem Vorwand, ihm etwas zu essen geben zu wollen, lockten Andreas und seine *feine* Bande den Kleinen in eine Gasse.

»Jetzt musst du nicht mehr hungern«, hatten sie scheinheilig gesagt und ihm daraufhin kichernd die Regenwürmer in den Mund gestopft.

Allein der Gedanke daran machte Johanna wütend. Nur weil sie im Griechenmarktviertel wohnten, hieß dies noch lange nicht, dass man auf ihnen herumtrampeln durfte. Sicher, das Viertel mit seinen umliegenden schmalen und dusteren Gassen war eines der verrufensten Quartiere der Stadt. Nicht nur redliche Arme lebten hier, sondern auch fremde Bettler, die gegen Bezahlung Unterschlupf fanden, ebenso wie Gaukler, Musikanten und Dirnen. Die Gassen zogen vor allem das Diebesgesindel an wie das Licht die Motten. Johanna hätte viel darum gegeben, woanders zu wohnen, aber auf die ehrlichen Leute in ihrem Quartier ließ sie deswegen noch lange nichts kommen. Sie rackerten sich Tag und Nacht ab, nahmen jede noch so schlecht bezahlte Arbeit an, schufteten als Kloakenreiniger, Holzträger oder Karrenschieber, nur um sich und ihre Familie zu ernähren. Sicher, es gab auch andere Kinderbanden, wie die *Compagnie*. Ihr Anführer, er nannte sich *Kapitän*, schickte seine Jungs zum Stehlen aus. Ihre Namen wie *Der Schwarze*, *Holzbock* (er hatte durch die Pocken ein Auge verloren), *Plattnas* (benannt nach seiner eingeschlagenen Nase), *der Welsche Jacob* oder *der grindige Milchbart* (wegen seiner eitrigen Verkrustungen auf dem Kopf), all die kannte Johanna bestens. Mit denen gab man sich möglichst nicht ab. Doch wer wollte ihnen ihre Gaunereien verübeln? Leben und leben lassen, sagte ihr Vater immer. Im Unterschied zu den Jungen der *Compagnie* hatte sie Eltern, die sich um sie kümmerten.

Geschickt bahnte sich Johanna einen Weg durch die vielen Leute, die ihren Besorgungen nachgingen. Hier, in den Gassen Kölns, war sie zu Hause. Jeden Winkel dieser reichen Kaufmannsstadt kannte sie. Wenn man öfter nichts zu tun hat, streift man durch die Gassen und lernt so jeden Stein kennen. Doch wem nutzte das schon? Was hätte Johanna darum gegeben, wie dieser Andreas in eine Schule zu gehen, lesen und schreiben zu lernen, etwas über die große weite Welt außerhalb der schützenden Mauern zu erfahren. Doch das Schulgeld konnten ihre Eltern nicht aufbringen. Der Verdienst des Vaters reichte gerade mal, um von der Hand in den Mund zu leben. Und so war es großes Glück, dass ihre Mutter einen kleinen Nähauftrag bekommen hatte. Das bisschen Geld erlaubte vielleicht, für Notzeiten etwas für die sechsköpfige Familie zur Seite zu legen. Johanna war mit ihren zehn Jahren die Älteste, dann kamen der siebenjährige Gero, der vierjährige Simon und der zwei Jahre alte Anton. Seit gestern nähte ihre Mutter wie eine Besessene. Sie wollte ihre Arbeit gründlich und schnell erledigen, in der Hoffnung, die Kundin für weitere Aufträge zu gewinnen. Blass und ausgezehrt hatte Johannas Mutter heute Morgen unter dem kleinen Kellerfenster gesessen und mit müden Augen gleichmäßige Stiche gemacht.

»Johanna-Kind, ich brauche dich heute noch für Heftarbeiten. Sei also bitte in einer Stunde wieder zurück«, bat sie ihre Tochter.

Die Stunde war jetzt bald um und Mutter wartete vermutlich schon. Dass Johanna helfen musste, störte sie nicht. Immer noch besser, als vor den Kirchen zu sitzen und zu betteln. Sogar ihr drei Jahre jüngerer Bruder, der siebenjährige Gero, ging jeden Morgen mit seinem Vater zur großen Dombaustelle. Manchmal fiel Arbeit für ihn ab und so trug auch er zum Unterhalt der Familie bei. Johanna hatte schon schlechtere Zeiten gesehen, vor allem im Winter. Doch seit der Vater als Tagelöhner für die Kirche arbeitete, konnte die Familie sich sogar die Miete für eine Kellerwohnung einen Monat im Voraus leisten.

Gut gelaunt rannte Johanna durch die engen und schmutzigen Gassen ihres Viertels. Vor allem aus den schmalen Durchgängen zwischen den Häusern stank es schrecklich. Der Inhalt von Nachttöpfen und andere Abfälle türmten sich hier zu kleinen stattlichen Bergen auf. Niemand kam und beseitigte sie. Doch Johanna störte sich nicht daran. Sie kannte es nicht anders. Den Gestank nahm sie gar nicht mehr wahr. Vielmehr fürchtete und verabscheute Johanna die Taugenichtse, die in den Hauseingängen lungerten und auf den Abend warteten, um im Dunkel der Nacht ihren Geschäften nachzugehen. Doch auch die konnten ihr ihre gute Laune nicht verderben. Vor dem Haus, in dem Johanna und ihre Familie wohnten, blieb sie kurz stehen. Es war heruntergekommen, wie all die anderen Häuser in der

Nachbarschaft. An manchen Hauswänden schaute das blanke Stroh-Lehm-Gemisch heraus. Die Kuhhäute in den Fenstern waren auch an vielen Stellen löchrig. Manchmal beneidete sie die Familien, die sich eine Kammer in den oberen Stockwerken leisten konnten, doch dann dachte sie an diejenigen, die sich auf den Friedhöfen einen Unterschlupf errichtet hatten. Johanna betrat das Haus, allerdings nicht durch die große Tür, sondern durch die kleinere daneben. Die Tür war so niedrig, dass sich Erwachsene bücken mussten, um sich nicht den Kopf anzustoßen. Zum Glück war Johanna noch ein Kind. Leichtfüßig sprang sie die Treppen in den feuchten, dusteren Keller hinab. Wie sie die Spinnweben hasste, deren Fäden sich immer wieder im Gesicht verfingen. Vor der zweiten Tür blieb sie stehen. Schluchzer waren aus der Wohnung zu hören. Sofort schnürte sich Johannas Brust zusammen. Was war passiert? Mit zitternder Hand öffnete sie die Tür.

Die Wohnung bestand aus nur einem Raum. Drei Betten, eine Truhe mit der wenigen Habe und ein Tisch mit wackeligen Hockern waren das einzige Mobiliar. Auf dem Lehmboden war Heu ausgelegt, um den Geruch zu verbessern. Aber es roch trotzdem feucht und modrig. Sah man genau hin, entdeckte man sogar die Hinterlassenschaften von Mäusen und anderen unwillkommenen Mitbewohnern. Tageslicht drang kaum durch das schmale Fernster unter der niedrigen Decke.

Johannas Blick fiel auf ihre Mutter. Auf ihrem Gesicht lagen die zierlichen Hände, Schluchzer beutelten ihren schmächtigen Körper. Simon und Anton drückten sich ängstlich an sie und weinten ebenfalls. Nur Gero kauerte wie versteinert in der Ecke des Raumes und schwieg. Sein Gesicht war gerötet und vom vielen Weinen verquollen.

»Was ist passiert?«, fragte Johanna entsetzt.

»Oh Johanna-Kind!«, schluchzte ihre Mutter und schaute zu ihr auf. Johanna erschrak bei dem Anblick. »Vater ist verunglückt. Vom Gerüst gefallen.«

Wie gelähmt stand Johanna da. Konnte kaum glauben, was sie hörte. Ihr Blick fiel wieder auf Gero.

»Bist du dabei gewesen? Hast du den Unfall gesehen? Wo ist Vater jetzt?«

Doch ihr Bruder blieb weiter stumm. Nur ein zartes Nicken ließ Johanna wissen, dass Gero alles mit angesehen hatte.

Sie lief zu ihm und nahm ihn in den Arm. Wie eine Mutter ihr kleines Kind wiegte Johanna ihn beruhigend hin und her.

Zwei Wochen waren seit dem Tod des Vaters vergangen. Die Trauer um ihn war der Sorge gewichen, die Familie satt zu bekommen. Gero half weiterhin auf der Dombaustelle aus und Johannas Mutter nähte Tag und Nacht. Doch das Geld reichte einfach nicht aus. Für die drei jüngeren Kinder bekam die Mutter ein Almosen von der Kirche. Doch Johanna war mit ihren zehn Jahren schon alt genug, um für sich selbst zu sorgen.

Soeben hatte Johanna einen wunderschönen, von ihrer Mutter selbst genähten Umhang einer wohlhabenden Kundin gebracht und dafür etwas Geld bekommen. Zufrieden rannte sie nach Hause. Die reiche Bürgersfrau hatte nämlich noch etwas dazugegeben, weil ihr die Arbeit so gut gefallen und sie Mitleid mit der Familie hatte. Und so befand sich in Johannas Beutel mehr Geld als erwartet und ein riesiger Laib Brot. Aufgeregt hüpfte sie die Kellertreppe hinunter und öffnete die Tür.

»Mutter! Sieh mal, was ich mitbringe! Heute Abend werden wir uns richtig satt essen.«

Ihre Mutter lächelte nur schwach. »Johanna-Kind, setz dich zu mir. Ich muss mit dir reden.«

Die Ernsthaftigkeit, mit der ihre Mutter dies sagte, machte Johanna Angst. Schweigend legte sie das

Brot und das Geld auf den Tisch und nahm auf einem Hocker Platz. Während ihre Mutter sprach, sagte Johanna kein Wort. Auch danach nicht. Sie vergoss nicht eine einzige Träne. Vielleicht, weil sie es schon erwartet hatte.

»Wann?«, fragte Johanna nur.

»Gleich morgen früh bringe ich dich hin.«

In der Nacht machte Johanna kein Auge zu. Nicht einmal das gleichmäßige Atmen ihres Bruders, mit dem sie das Bett teilte, beruhigte sie. Die Kirche hatte für Johanna Arbeit und eine Bleibe gesucht und diese gefunden. Die reiche Kaufmannsfamilie Stolzenberg würde sie als Magd aufnehmen. Ab morgen würde sie dort arbeiten und auch wohnen. So musste sich ihre Mutter nur noch um drei Kinder sorgen.

»Dir wird es dort gut gehen, Johanna-Kind. In einem solchen Haus gibt es reichlich zu essen, und wenn du krank wirst, wird dein Herr sicher einen Arzt kommen lassen.«

Du hast leicht reden, dachte Johanna. Ihre Mutter hatte ja keine Ahnung von dem Krieg zwischen ihrer Bande und der *Gilde*. Und ausgerechnet Andreas, deren Anführer, war der Sohn ihres neuen Herren. Die Sache von vor zwei Wochen wird er ihr gewiss heimzahlen. Da war sich Johanna sicher.

Kindheit im Mittelalter

Der Alltag der Kinder war vom sozialen Stand abhängig. Mit sieben Jahren – nur jedes zweite Kind wurde so alt – gingen die Kinder je nach Standeszugehörigkeit als Kindermönche in ein Kloster, als Knappe auf eine fremde Burg, arbeiteten auf dem Bauernhof mit, besuchten eine Schule oder gingen gar betteln. Ihre Spiele jedoch waren die gleichen. Ganz oben standen bei Jungen Ritterspiele, bei Mädchen Puppen. Sie spielten mit Freunden auf der Straße Fangen, Verstecken, mit Murmeln, hüpften Seil, schlugen Kreisel oder trieben Reifen. Mit zwölf Jahren galten Kinder als erwachsen. Konnten es sich die Eltern leisten, wurden sie gegen Geld in die Lehre gegeben – auch Mädchen. Die Kinder lebten dann für mindestens fünf Jahre bei ihrem Meister. Söhne von Kaufleuten wurden nicht selten ins Ausland zu befreundeten Händlern geschickt. Ärmere Kinder arbeiteten als Dienstmädchen, Knechte, Wäscherinnen oder Tagelöhner. Mädchen wurden meist mit 15 Jahren verheiratet und waren mit 16 schon Mütter.

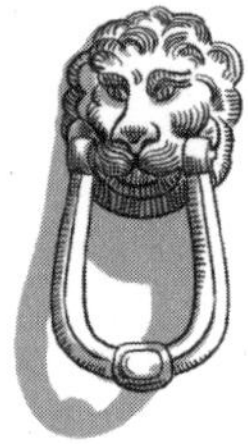

Veränderungen

Mit dem ersten Sonnenstrahl wurde Johanna geweckt.

»Wasch dich gründlich und zieh bitte dein Sonntagskleid an. Die Herrschaften sollen nicht denken, dass sie sich ein stinkendes Gossenkind ins Haus geholt haben. Wir sind vielleicht arm, aber nicht schmutzig!«, scherzte ihre Mutter und schickte Johanna zum öffentlichen Brunnen, um Wasser zu holen.

Das Brunnenwasser war eiskalt und weckte auf einen Schlag Johannas Lebensgeister. Schlotternd schlüpfte sie in das gute Kleid, das ihre Mutter selbst genäht hatte.

»Mit den frisch gewaschenen und gekämmten Haaren siehst du wie ein Engel aus!«, rief ihre Mutter überrascht. Dann ging sie auf ihre Tochter zu und drückte sie fest an sich. »Für dich beginnt heute ein neues Leben! Du wirst sehen, es wird dir dort gut gehen! Und jetzt lächle mal!«, forderte sie ihre Tochter auf.

Doch Johanna war überhaupt nicht nach Lächeln zumute. Sie fühlte sich elend, wollte viel lieber bei ihrer Mutter und ihren Brüdern bleiben. Sie brauchte doch nicht viel zu essen und arbeiten könnte sie auch zu Hause – Äpfel verkaufen, Wasser tragen oder Ähnliches. Das alles hätte sie ihrer Mutter am liebsten gesagt, aber was hätte es genützt. Johanna wusste, dass es ihrer Mutter genauso schwerfiel, sie wegzuschicken. Würde Johanna jetzt weinen, behielte ihre Mutter sie bei sich. Doch das Geld reichte kaum für ihre jüngeren Geschwister. Und so nahm Johanna all ihre Kraft zusammen und lächelte ihrer Mutter zuliebe.

Johannas Brüder lächelten jedoch nicht. Vor allem die beiden jüngeren klammerten sich mit aller Kraft an ihre Schwester und weinten.

»Ihr seht mich doch sonntags in der Kirche«, tröstete Johanna die beiden und befreite sich sanft aus ihrer Umklammerung.

Der Weg Richtung Rheingasse kam Johanna heute endlos vor. Erst neulich war sie hier entlanggekommen, mit ihren Freunden. Um es Andreas heimzuzahlen, nicht um für ihn zu arbeiten. Noch nie hatte Johanna so sehr mit ihrem Schicksal und Gott gehadert. Wie sehr sie es hasste, arm zu sein.

Schließlich war es so weit. Das Haus der Familie Stolzenberg lag vor ihnen. Eindrucksvoll ragte es in die Höhe. Der Stufengiebel war mächtig, die steinerne Fassade durch rundbogige Fenster gegliedert. In den beiden unteren Geschossen, in denen die Familie wohnte und ihren Reichtum zur Schau stellte, erkannte Johanna sogar Glasfenster. Darüber lagen die Speicher für die Waren, die den Reichtum der Familie Stolzenberg begründeten.

Eingeschüchtert griff Johanna nach der Hand ihrer Mutter.

»Das wird schon!«, meinte sie beruhigend.

Johanna beobachtete, wie die zierliche Hand ihrer Mutter den riesigen, schweren Türklopfer umfasste, einen Metallring, der im Maul eines finster dreinblickenden Löwen steckte. Ein lautes *Pock! Pock!* hörte man durch das ganze Haus dröhnen.

Jetzt gibt es kein Zurück mehr, dachte Johanna und schluckte schwer.

Mit demütig gesenkten Köpfen standen Mutter und Tochter da, als die Tür geöffnet wurde.

Ein alter Mann erschien.

»Was wollt ihr? Betteln ist hier nicht erwünscht!«, maulte er die beiden an.

»Verzeiht die Störung! Mein Name ist Anna

Janssen, Frau des verstorbenen und ehrbaren Jacob Janssen, Tagelöhner zum Dom und wohnhaft am Griechenmarkt. Ich bin hier, um meine Tochter Johanna in Stellung zu geben.«

Kaum hatte die Mutter das gesagt, schloss sich die Tür wieder und nichts geschah.

Fragend blickten sich die beiden an. Hatte ihre Mutter zu leise oder etwa undeutlich gesprochen? Gab es diese Stelle vielleicht gar nicht? Johanna begann schon Hoffnung zu schöpfen, als erneut geöffnet wurde. Eine ältere Frau erschien.

»Du bist also die Johanna. Meine Herrin hat mich gestern unterrichtet. Du siehst aber sehr dürr aus«, nörgelte sie und betrachtete Johanna argwöhnisch. »Ich hoffe, du hältst was aus. Ich brauche jemanden zum Arbeiten und nicht zum Jammern! Damit das von Anfang an klar ist! Verabschiede dich von deiner Mutter und komm mit!«

Johanna sah zu ihrer Mutter. Ihr Blick war so traurig, dass Johanna fast geweint hätte. Sie wusste, dass ihre Mutter sie auf der Stelle wieder mitgenommen hätte, gäbe es eine andere Möglichkeit.

»Nun geh schon, Johanna-Kind!«, war das Letzte, was sie von ihrer Mutter hörte, dann fiel die schwere Tür hinter ihr ins Schloss.

Johanna wagte sich kaum umzusehen. An den Wänden und der Decke entdeckte sie bunte Malereien. Sie genauer zu betrachten blieb keine Zeit. Die Frau marschierte im Stechschritt voran und Johanna stolperte eingeschüchtert hinterher. Erst als sie in der Küche des Hauses angekommen waren, blieb sie stehen.

»Hier wirst du in Zukunft arbeiten, von Sonnenauf- bis Sonnenuntergang. Deine Kammer ist gleich hier unter der Treppe.« Die Frau zeigte auf eine niedrige Tür. »Die Treppe führt hinauf zum Speisesaal der Herrschaften.«

Johanna verschlug es fast den Atem. Eine solche Küche hatte sie noch nie gesehen. Überhaupt kam sie, seit sie das Haus betreten hatte, nicht mehr aus dem Staunen heraus. So müssen Könige leben, dachte Johanna. Wie schäbig war dagegen die Kellerkammer, in der sie bisher gelebt hatte. Allein der Fußboden war mit roten und weißen Fliesen ausgelegt, kein blanker Lehmboden wie zu Hause.

Der überwölbte Raum wurde von einem großen, gemauerten Herd beherrscht. Ein Abzug sorgte dafür, dass sich der Rauch nicht in der Küche fing. Auf dem Herd flackerte ein kleines Feuer, an dessen Rand standen mehrere Keramiktöpfe, zwei Bratspieße und zwei Dreifüße. Darüber hing an einem höhenverstellbaren Haken ein großer Kupferkessel voll heißem Wasser. An den Wänden reihte sich unterschiedlichstes Kochgeschirr, dessen Verwendungszweck Johanna nicht kannte. Dann gab es noch einen Brat- und Backofen, eine Hackbank und einen großen Blasebalg. In der Mitte des Raumes stand ein riesiger Holztisch, auf dem das Essen zu bereitet wurde. Von der Decke hingen geräucherte Würste und Fleisch, die einen Duft verströmten, der Johanna beinahe schwindelig machte. Sie glaubte sich schon im Paradies, als die durchdringende Stimme der Frau Johanna aus ihren Tagträumen riss.

»Gaff nicht so dumm! Mach dich lieber nützlich.«

Johanna nickte nur.

»Ich bin übrigens die Theres, die dienstälteste Magd in der Küche. Ab sofort hast du auf mich zu hören, genau wie die beiden anderen hier. Die mit dem dämlichen Grinsen ist die Ursula, und die, die gerade das Fleisch misshandelt, statt es ordentlich zu schneiden, ist die Gret.«

Beide waren erwachsene Frauen und Johanna wurde angst und bang. Würde sie in zehn oder gar zwanzig Jahren immer noch hier unten in der Küche stehen und Gemüse schneiden, so wie diese beiden da? Mit einem Mal war aus dem Paradies ein Gefängnis geworden.

Wie um die Befürchtung noch zu bestätigen, fügte Theres hinzu: »Du wirst als Erste auf den Beinen sein und das Feuer auf dem Herd anmachen. Noch vor Sonnenaufgang. Die Herrschaften pflegen jetzt im Sommer mit dem Morgengeläut zur sechsten Stunde aufzustehen. Deine Aufgabe wird sein, heißes Wasser zum Waschen für sie bereitzuhalten. Danach gehst du uns in der Küche zur Hand. Wo das Brennholz und der Schweinestall sind, zu dem du die Essensabfälle bringst, wird dir später Ursula zeigen. Bis heute war es ihre Aufgabe.«

Johanna nickte erneut. Noch immer machte die üppig ausgestattete Küche sie sprachlos. Wie es wohl erst in den Wohnräumen aussah?

Der Rest des Tages bestand aus Arbeit. Obst schälen, Gemüse schneiden, abwaschen, Brennholz holen, Abfälle wegbringen und sauber machen, diese Tätigkeiten bestimmten Johannas Tag. Zweimal hatte sie sich in den Finger geschnitten und dreimal am offenen Feuer verbrannt. Von Theres hatte sie jedes Mal dafür einen Schlag mit dem Kochlöffel auf den

Hinterkopf erhalten. Als ob die Schmerzen nicht schon Strafe genug gewesen wären.

Verschwitzt und müde schleppte Johanna die Abfälle Richtung Schweinestall über den Innenhof. Es war bereits Abend und der Tag schien kein Ende zu nehmen.

»Ich beobachte dich schon eine Weile«, sagte plötzlich jemand hinter ihr.

Erschrocken drehte sich Johanna um und blickte in das schadenfrohe Gesicht eines Jungen. Es war Andreas. Mit verschränkten Armen baute er sich vor ihr auf.

»Was willst du von mir?«, fragte Johanna misstrauisch.

»Was wohl? Dir verkünden, dass ab heute der schlimmste Albtraum deines Lebens beginnt. Ich habe gehört, dass du bei uns als Magd arbeitest. Ich werde dir jede Minute, die du in unserem Haus verbringst, zur Hölle machen.« Der Junge pikste mit ausgestrecktem Zeigefinger gegen Johannas Brust.

»Spar dir lieber die Luft zum Atmen«, erwiderte Johanna müde. »Ich bin schon in der Hölle. Schlimmer kannst du es gar nicht mehr machen.« Dann drehte sie auf dem Absatz um und marschierte ungerührt weiter Richtung Schweinestall.

Sprachlos blickte ihr Andreas hinterher. Mit dieser Antwort hatte er nicht gerechnet. Wie um sich selbst von dem eben Gesagten zu überzeugen, rief er ihr hinterher: »Du wirst schon sehen!«

Doch kaum hatte Andreas dies gesagt, tauchte wie aus dem Nichts die alte Theres neben Johanna auf. Sie packte sie am Ohr und zog es derart grob in die Höhe, dass Johanna vor Schmerzen beide Eimer fallen ließ. Der Inhalt verteilte sich auf dem Boden und auf Johannas Backe traf eine schallende Ohrfeige.

»Du tölpelhaftes Gör! Jetzt sieh dir diesen Saustall an. Kannst du nicht aufpassen!«, keifte Theres. Johanna ging auf die Knie und sammelte stumm die Küchenabfälle auf.

»Und überhaupt! Was fällt dir ein, dich in einem derart unverschämten Ton mit dem Sohn deines Herren zu unterhalten. Sowieso hast du ihn nur anzusprechen, wenn du von ihm etwas gefragt wirst. Und ich wüsste nicht, warum dies geschehen sollte«, fügte sie schnippisch hinzu.

Nun platzte Johanna der Kragen. »Nicht *ich* habe ihn angesprochen, sondern *er* mich. Noch dazu hatte er mir gedroht«, schrie sie empört zurück.

Doch dass jemand den Sohn ihres treuen Herren

beschimpfte, war zu viel für die alte Magd. Aufgeregt schnappte sie nach Luft. »Zur Strafe wirst du heute ohne Essen zu Bett gehen.« Und ohne ein weiteres Wort rauschte Theres Richtung Küche davon.

Andreas, der alles beobachtet hatte, ging sofort zu Johanna hinüber und half ihr beim Aufsammeln. »Tut mir leid!«, stammelte er. »Das wollte ich nun auch nicht. Ich meine, dir das Leben zur Hölle machen. Ich wollte dir nur etwas Angst einjagen.«

Johanna schwieg.

»Diese Bandenkämpfe sind eine Sache. Das macht ja auch irgendwie Spaß, oder?« Verunsichert grinste er Johanna an.

Diese blickte nun endlich auf. Andreas hatte blondes, schulterlanges Haar und lustige Sommersprossen im Gesicht. Vermutlich war er im gleichen Alter. Wie er so neben ihr kniete und lächelte, wirkte er wie ein richtig netter Junge, mit dem man gerne befreundet ist.

Johanna musste nun auch lächeln. »Du hast recht. Wenn man als Bande der gegnerischen Bande eins auswischen kann, ist es ganz witzig. Außer man geht etwas zu weit.« Johanna sah Andreas vorwurfsvoll an. »Mit faulen Eiern werfen oder die Hosen runterziehen ist vielleicht lustig, ein abgemagertes Kind mit Regenwürmern vollzustopfen und sich über seinen Hunger lustig zu machen ist gemein.«

»Ob du es glaubst oder nicht«, sagte Andreas, »aber ich habe meine Lektion gelernt. Du kannst dir nicht vorstellen, wie mich die Leute beschimpft haben, als ich neulich nach Schweinestall stinkend durch die Gassen ging. Ein Büttel hat mich sogar aufgegriffen – ich hätte als *stinkendes Bettelgör* nichts im Stadtteil der feinen Leute zu suchen! Ob ich wohl zum Stehlen hier herumschleichen würde.«

Johanna konnte sich ein Kichern nicht verkneifen. Sie hatte so etwas selbst schon häufig erlebt.

»Wie hast du es dann nach Hause geschafft?«, wollte sie wissen.

»Ein Hausangestellter hat mich mit dem Büttel gesehen und sich für mich verbürgt.«

Johanna war von Andreas' Ehrlichkeit beeindruckt. Bis eben war er ihr ärgster Gegenspieler gewesen und nun streckte er ihr entschuldigend die Hand entgegen.

»Tut mir leid, wenn ich dir das Leben in unserem Haus noch schwerer gemacht habe. Hast du heute überhaupt schon etwas gegessen?«

Johanna schüttelte den Kopf. Sie war zwar daran gewöhnt, an manchen Tagen nichts oder nur wenig zu essen, aber nach dem harten Arbeitstag schrie ihr Magen förmlich nach etwas Essbarem.

»Ich werde später in die Küche gehen und mir von Theres etwas Leckeres geben lassen«, meinte Andreas.

»Warum soll sie dir für mich was geben?«, fragte Johanna ungläubig.

»Nicht für dich! Für mich. Ich werde einfach sagen, ich habe noch Hunger. Dem Jüngsten ihres heiß geliebten Herren schlägt die alte Magd nichts ab. Das wirst du schon sehen.«

Der Kaufmannssohn grinste verschmitzt. Bei dem Gedanken, die Theres hereinzulegen, begannen seine Sommersprossen förmlich zu hüpfen. »Sobald niemand mehr in der Küche ist, schleiche ich mich zu dir. Wo ist dein Zimmer?«

»Die Kammer unter der Treppe«, antwortete Johanna knapp.

»Unter der Treppe? Da ist Platz für eine Kammer?« Andreas war sichtlich verwirrt.

Johanna dagegen nickte strahlend. Es war ihr erstes echtes Lächeln heute. So wie es aussah, hatte sie einen Freund gefunden.

Einblick in das Haus eines Kaufmanns

Wie heute bestimmte das Vermögen des Hausherren die Größe des Hauses. So waren Kaufmannshäuser mehrstöckige Häuser, in deren Dachgeschossen die Waren gestapelt wurden. Mit einem Lastenkran wurden die schweren Güter nach oben gezogen. Durch breite Tore konnten die Fuhrwagen einfahren. Im Haus befanden sich das Warenlager, das Kontor und die Schreibstube. Außerdem gab es einen schmuckvollen Saal für Feste, eine Wohnstube, Schlafzimmer, eine geräumige Küche und kleine Kammern für Mägde und Knechte. Die Wohnräume waren meist holzvertäfelt, mit großen Bildteppichen und Wand- und Deckengemälden verziert. Für die Beleuchtung sorgten imposante Kronleuchter, die Fenster bestanden aus teuren Butzenglasscheiben statt Tierhäuten. Da die Kaufmannshäuser besonders schön anzusehen waren, sind viele heutzutage noch erhalten. Die ärmlichen Holzhütten und schäbigen Mietshäuser der Armen dagegen wurden schon vor langer Zeit abgerissen.

Ein Traum geht in Erfüllung

Andreas hielt an diesem Abend Wort. Mit einer Kerze in der Hand kam er wie ein Dieb in die Küche geschlichen. Sein Gesicht glühte im Schein der Flamme rot vor Aufregung. In der anderen Hand trug er einen Korb, der randvoll mit Leckereien gefüllt war. Johanna glaubte sich im Paradies.

»Da ist ja wirklich unter der Treppe eine Kammer«, flüsterte Andreas erstaunt. »Die ist mir bisher nicht aufgefallen. Lass mal sehen!« Neugierig hielt er die Kerze in Johannas Reich.

Das Licht reichte aus, um die winzige Kammer auszuleuchten. Es war gerade mal Platz für ein schmales Bett. An der Wand befand sich eine kleine Nische, in der Johanna ihre wenigen Habseligkeiten aufbewahren konnte. Sie war leer. Andreas stellte die Kerze hinein.

»Wie hältst du es nur hier aus?« Der Kaufmannssohn blickte sich entsetzt um. »Und das Bett pikst ja auch ganz furchtbar.«

Johanna sah ihn verwundert an. »Vielleicht ist der

Raum etwas eng, aber das Bett ist ganz in Ordnung. Was will ich mehr? In der Matratze ist sogar frisches Stroh und eine Decke schützt mich vor der Kälte.«

»Die kratzt!«, meckerte Andreas. »Ich könnte hier kein Auge zumachen.«

»Du bist halt doch ein verzogenes Muttersöhnchen«, spaßte Johanna. Für sie war das Bett der reinste Luxus. Immerhin gehörte es ihr ganz alleine. Und eine Wanze hatte Johanna auch noch nicht gesehen. Ohne die Bisse dieser ekligen Blutsauger würde sie später wie auf Wolken gebettet schlafen. Doch das musste noch etwas warten. Jetzt war die Kammer mit leckeren Essensdüften erfüllt. Wie auf Kommando begann Johannas Magen laut zu knurren. Die Kinder mussten lachen.

»Dann werde ich wohl mal die Tafel decken«, meinte Andreas vergnügt.

Johanna kam aus dem Staunen nicht mehr heraus, als sie all die Köstlichkeiten sah. Auf einem weißen Tuch ausgebreitet lagen vor ihr das Bein eines lecker gebratenen Hähnchens, allerlei süßes Gebäck, ein Stück Käse, ein Apfel und zwei Pflaumen. Johanna schlang alles gierig in sich hinein. Die Bauchschmerzen, die sie von dem ungewohnt vielen Essen bekam, störten sie nicht im Geringsten.

Satt wie noch nie in ihrem Leben dankte sie ihrem neuen Freund.

»Ich weiß gar nicht, wie ich das wiedergutmachen kann.«

»Sag mir einfach Bescheid, wenn du mal wieder nichts zu essen bekommst«, strahlte Andreas, der sich wie der barmherzige Samariter fühlte.

»Du hast es wirklich gut«, sagte Johanna nachdenklich. »Du lebst in einem schönen Haus, hast immer reichlich zu essen und darfst zur Schule gehen.«

»Die Schule ist kreuzblöd und der neue Lehrer, der Zenker, greift wegen Kleinigkeiten gleich zur Rute. Glaub mir, das macht keinen Spaß.«

»Aber du kannst dort so viel erfahren über die Welt, lernst lesen und schreiben. Weißt du, dass ich noch nie ein Buch in den Händen gehalten habe. Was muss das für ein Gefühl sein, wenn einem die ganze Welt darin zu Füßen liegt.« Johanna kam ins Schwärmen.

»So habe ich das noch nicht gesehen«, gab Andreas zu.

»Die Schläge würde ich gerne in Kauf nehmen, wenn ich nur etwas Anständiges lernen könnte. Sei froh, dass dein Vater es sich leisten kann«, tadelte Johanna ihren neuen Freund.

»Das mag ja sein, aber trotzdem sind die Prügelstrafen schrecklich«, protestierte Andreas und rieb sich den Hintern. »Ich hab mich sogar schon bei meinem Vater über den neuen Lehrer beschwert, aber der sagte nur: *Wer sein Kind liebt, spart mit der Rute nicht!*« Andreas ahmte seinen Vater nach und Johanna musste lachen.

Dann begannen sie sich gegenseitig von ihrem Leben zu erzählen, das nicht unterschiedlicher hätte sein können. Johanna berichtete von ihrem Alltag als Kind armer Leute, von dem Unfalltod ihres Vaters, von ihrem Traum, in die Schule zu gehen und eine Lehre als Schneiderin zu machen. Ihr Freund hörte staunend zu. Und dann erzählte er von seinem privilegierten Leben, das ebenso Sorgen und Nöte mit sich brachte, wenn auch andere. Johanna erfuhr, dass Andreas noch zwei ältere Brüder hatte. Beide mussten mit zwölf Jahren das Haus verlassen, der älteste machte eine Kaufmannslehre bei einem befreundeten Händler in Spanien und der mittlere studierte an der Universität in Wien Jura. Noch zwei Jahre, dann würde auch Andreas das Haus verlassen müssen.

Johanna spürte, dass Andreas Angst davor hatte.

»Weißt du was?«, meinte Andreas plötzlich auf-

Der Speiseplan der Armen und Reichen

Die Speisepläne der Armen und Reichen waren so unterschiedlich wie ihr Alltag. Eine reiche Kaufmannsfamilie aß dreimal täglich an einem reich gedeckten Tisch. Es gab Fleisch, Wurst, Pasteten, Fisch, Gemüse und Süßspeisen, verfeinert mit kostbaren Gewürzen, wie Pfeffer aus Indien. Sogar Datteln, Feigen und Zitronen wurden herbeigeschafft und man trank Wein aus Frankreich.

Ärmere Familien aßen oft nur einmal am Tag. Ihr Speiseplan bestand meist aus Brot, Kohlsuppe, Hirsebrei oder etwas Gemüse. Fleisch, selbst Schlachtabfälle, konnte man sich nur selten leisten. Übrigens tranken im Mittelalter schon dreijährige Kinder Dünnbier und Gewürzwein, da das Brunnenwasser oft nicht genießbar war. Obst wurde auch nicht entsaftet, sondern für den Winter gedörrt.

geregt. »Ich bringe dir das Lesen und Schreiben bei.« Er strahlte über das ganze Gesicht.

Johanna aber starrte ihn nur entgeistert an.

»Ich habe noch meine alte ABC-Fibel und eine Wachstafel zum Üben. Gleich morgen Abend bringe ich sie dir vorbei.«

Noch immer traute Johanna ihren Ohren nicht.

»Aber das bleibt unser Geheimnis!«, flüsterte Andreas und zwinkerte ihr verschwörerisch zu.

Dann war er auch schon weg. Johanna blieb allein zurück. Ob sie Andreas trauen konnte? Würde er sein Wort halten? Doch dann blickte sie in den Schein der Kerze, die Andreas zurückgelassen hatte. Auch wenn es nur ein kleines Licht war, so spendete es doch Wärme und ließ Johanna hoffen. Ihr neuer Freund hatte ihr schließlich, wie versprochen, etwas zu essen gebracht – und diese wundervolle Kerze. Von nun an hütete Johanna sie wie ihren größten Schatz. Wollte sie abends lernen, brauchte sie Licht.

Johanna lernt lesen

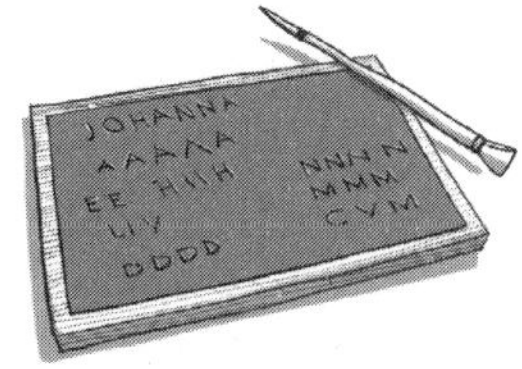

Der nächste Tag war genauso entsetzlich wie der Tag zuvor. Theres hatte Johanna unentwegt herumgescheucht, sie angemeckert und ihr Ohrfeigen verpasst. Der Tag schien endlos zu sein. Allein der Gedanke an den Abend hatte Johanna geholfen, die Schinderei zu überstehen. Völlig erschöpft ließ sie sich auf ihr Bett fallen. Als Andreas endlich angeschlichen kam, war Johanna bereits eingenickt.

»He, du Schlafmütze!«, flüsterte Andreas und rüttelte sie an der Schulter. »Hat die alte Vettel dich so sehr herumgescheucht, dass du nicht mehr denken kannst?« Andreas grinste und reichte ihr das Mitgebrachte.

Vorsichtig, als wäre es nur eine Traumblase, nahm Johanna das Buch und die Tafel entgegen. Noch nie hatte sie etwas so Kostbares in ihren Händen gehalten.

Andreas sah sie nur verwundert an. Zärtlich, wie eine Mutter ihr Neugeborenes, streichelte Johanna das Buch.

»Nun schlag es schon auf! Wir fangen mit den Buchstaben an. Weißt du, wie der erste heißt?«

Johanna schüttelte geistesabwesend den Kopf. Sie starrte noch immer gebannt auf den dicken Ledereinband des Buches. Am rechten Rand befand sich eine Metallschließe, die das Buch zusammenhielt. Sie allein war schon eine kleine Kostbarkeit und hatte die Form eines Schlangenkopfes.

»Der erste Buchstabe ist das A, dann kommen das B und das C. Deshalb heißt es auch das ABC.« Er nahm Johanna das Buch aus der Hand und schlug eine Seite auf, auf der sämtliche Buchstaben zu sehen waren. Jedem war ein Tier zugeordnet.

»Zuerst musst du das Alphabet lernen. Dann erst kannst du lesen.« Johanna hing gebannt an Andreas' Lippen. Jedes Wort saugte sie in sich auf. Brav wiederholte sie, was Andreas sagte. Damit sie sich die Buchstaben leichter merkte, nannte er immer ein Tier dazu. A wie Affe, B wie Bär, C wie Chamäleon, D wie Drache. Dann zeigte er ihr den Buchstaben in dem Buch und ließ ihn Johanna abschreiben. Zum ersten Mal in ihrem Leben hielt sie einen Stilo* in

* Mittelalterliches Schreibgerät, Griffel, zum Beschreiben einer Wachstafel.

ihren Händen. Ungelenk zitterte sie ihren ersten Buchstaben auf die geglättete Wachsschicht der Tafel. Bis zum Buchstaben D waren sie gekommen, als Andreas den Unterricht beendete.

»In drei Tagen komme ich wieder. Bis dahin kannst du jeden Abend die Buchstaben üben.«

Johanna nickte eifrig. Als sie Andreas das Buch zurückgeben wollte, schüttelte der nur den Kopf.

Bücher im Mittelalter

Bücher waren im Mittelalter sehr kostbar und nicht selten kosteten sie so viel wie heute ein neues Auto. Dies führte dazu, dass Bücher zum Schutz vor Diebstahl oft angekettet wurden. Bibliotheken mit mehr als zwanzig Büchern galten schon als groß. Bücher waren teuer, weil ihre Herstellung sehr aufwendig war. Man konnte sie nicht im Laden kaufen, sondern gab sie in Auftrag. Das Schreiben, Malen und Binden des Buches fand in der Regel im Kloster statt. Buchstabe für Buchstabe wurde mit dem Federkiel von Mönchen mühsam auf Pergamentblätter kopiert. 1390 wurde in Nürnberg erstmals das viel billigere Papier hergestellt. Doch erst mit der Erfindung des Buchdrucks um 1450 wurden Bücher vielen Menschen zugänglich. Gehörten zuvor fast nur Mönche und Gelehrte zu den Lesern, so konnten sich jetzt auch reichere Bürger Bücher leisten. Außerdem waren nicht mehr nur religiöse und wissenschaftliche Texte gefragt, sondern auch Unterhaltsames. Es war die Geburtsstunde der Liebes- und Abenteuerromane.

»Kannst du behalten. Den Kinderkram brauche ich nicht mehr.«

Johanna überhörte Letzteres.

»Sag mal, du kennst dich doch mit diesem Diebesgesindel aus, oder?«

Johanna starrte Andreas entsetzt an. »Mit meinesgleichen meinst du wohl?«

»Nein!«, wehrte Andreas sofort ab. »Ich meinte, du wohnst doch dort, wo die auch sind.« Der Kaufmannssohn war jetzt sichtlich verlegen.

Johanna zuckte nur mit den Schultern.

»Ich habe heute meinen Vater belauscht, wie der mit einem Freund über eine Einbruchserie gesprochen hat. Schon dreimal wurde in Kirchen eingebrochen und wertvolle Goldschmiedearbeiten aus den Sakristeien gestohlen. Von den Tätern fehlt bislang jede Spur. Erst gestern hatten die Diebe in St. Pantaleon Messbecher, mit Edelsteinen verzierte Kruzifixe und andere Wertgegenstände mitgehen lassen.«

»Warum Diebe? Woher weiß man, dass es mehrere waren?«, fragte Johanna neugierig.

»Der Messner von St. Pantaleon entdeckte den Diebstahl noch am selben Abend und rief sofort die Büttel. Und die sahen eine Bande Jugendlicher herumschleichen. Einen von ihnen haben sie erwischt. Er hat wohl ein sehr pockennarbiges Gesicht und ihm fehlt ein Auge.«

Johanna erschrak. Natürlich kannte sie den *Holzbock*. Er war nur zwei Jahre älter als sie und hatte bei der letzten Pockenwelle nicht nur sein rechtes Auge, sondern auch seine Eltern und Geschwister verloren. Das war nun fünf Jahre her. Seitdem hielt er sich mit Gaunereien über Wasser.

»Ich kenne ihn«, meinte Johanna nachdenklich. »Er hat einiges auf dem Kerbholz, aber das? Ich glaube nicht, dass er es war. Die Bande klaut doch nur Kleinigkeiten, die sie sofort weiterverhökern kann, oder etwas zu essen. Der Diebstahl solch wertvoller Dinge wird mit dem Galgen bestraft. Nein, so blöd sind die Jungs der *Compagnie* nicht.«

»Das sieht der Rat der Stadt aber anders. Angeblich wird er schon morgen verhört.«

Johanna war entsetzt. »Ein peinliches Verhör? Sie werden ihn foltern. Allein die Androhung wird ihn alles gestehen lassen. Armer *Holzbock*. Ich mochte die Jungs zwar nie sonderlich, aber den Tod durch den Strick hat keiner von ihnen verdient.«

Johanna gab sich die nächsten Tage wirklich Mühe. Sie folgte aufs Wort und konzentrierte sich bei der Arbeit, um Theres keinen Anlass für Schläge zu geben. Am Abend lernte sie heimlich das Alphabet, solange es ging, im Licht des ausgehenden Herdfeuers, dann im Schein ihrer Kerze. Sie versuchte so sparsam wie möglich zu sein, doch nach zwei Tagen war die Kerze zu einem fingerdicken Stumpen heruntergebrannt. Was sollte sie nun tun? Die Herdglut war nicht hell genug und ein Kienspan rußte zu sehr. Theres könnte es riechen. Überdies waren die Kerzen abgezählt, egal ob aus günstigem Talg oder aus kostbarem Wachs. Konnte sie Andreas um eine neue Kerze bitten? Doch Johanna verwarf den Gedanken sofort wieder. Er hatte schon genug für sie getan. Außerdem war sie viel zu stolz, ihn um eine Kerze anzubetteln.

Von ihrem ersten Lohn könnte sie sich vielleicht eine Talgkerze kaufen, aber eigentlich wollte sie alles ihrer Mutter geben. Johanna war verzweifelt. Vielleicht sollte es einfach nicht sein, dass so eine Bettelgöre wie sie lesen und schreiben kann. Aber hätte Gott ihr dann Andreas geschickt? Nein! Da war sich Johanna sicher und mit diesem Gedanken fasste sie einen Entschluss.

Gleich am nächsten Tag nutzte Johanna die Gelegenheit. Sie sollte der Eierfrau in der Färbergasse eine zusätzliche Bestellung überbringen. Der Griechenmarkt war nicht weit entfernt. Dort würde sicher der Krischer aus ihrer Bande herumhängen. Und der hatte etwas, das Johanna brauchte.

Da sie nicht allzu lange fortbleiben konnte, rannte Johanna durch die Gassen. Flink wie ein Wiesel wich sie Leuten, Fuhrwägen, Pferden und herumstreunenden Schweinen aus. Theres' Auftrag war schnell erledigt und Johanna hatte genügend Zeit, Krischer zu suchen. Wie erwartet, lungerte er zwischen den Marktbuden herum.

»He, Krischer!«, rief Johanna.

»He, wie geht es dir? Hab gehört, du musst jetzt jeden Tag schuften. Na, wenigstens kriegst du jetzt regelmäßig was zu essen«, meinte er und hörte sich dabei etwas neidisch an.

»Nur wenn ich mich nicht allzu dämlich anstelle und mir keine Strafe einfange«, grinste Johanna.

»Was willst du hier in deinem alten Viertel? In der Rheingasse riecht es doch viel besser! Oder vermisst du etwa den Gestank?«, witzelte Krischer.

»Den nicht, aber euch Jungs schon!«, meinte Johanna ehrlich. »Hör zu, ich brauche etwas von dir.«

Der Junge zog fragend eine Augenbraue hoch.

»Hast du noch deinen Dietrich?«, fragte Johanna.

Krischer nickte. »Für was brauchst du den? Ich hoffe, für nichts Ungesetzliches?«

»Das geht schon in Ordnung«, beschwichtigte Johanna. »Krieg ich ihn nun?«

Krischer kramte im Lederbeutel, der ihm am Gürtel hing. Schließlich fand er das Gesuchte und reichte es Johanna. »Ich hoffe, du baust keinen Mist. Sonst geht es dir wie dem *Holzbock*. Soll in zwei Wochen öffentlich gehängt werden. Arme Sau!«

»Hat er denn gestanden?«, erkundigte sich Johanna besorgt.

»Ja. Sie haben ihm mit Folter gedroht. Daraufhin hat er alles zugegeben. Aber wo die Beute ist, hat er nicht gesagt. Da hat alles Drohen nichts genützt.«

»Weil er es nicht weiß. Haben sie ihn gefoltert?«

»Nein. Sie hatten wohl doch Skrupel, weil er fast noch ein Kind ist. Jetzt suchen sie nach den anderen Jungs aus der *Compagnie*«, berichtete Krischer.

»Glaubst du etwa, dass es die *Compagnie* war?«, fragte Johanna.

»Nein. Niemand im Viertel glaubt das. Und diejenigen, die es wissen müssen, meinen, es wäre niemand von hier. Die Ware wurde auch noch nicht zum

Kauf angeboten«, sagte Krischer. »Hab außerdem gehört, dass die Stadt eine Belohnung für Hinweise auf die Beute ausgesetzt hat. Seitdem halten wir Augen und Ohren offen.«

»Dann wünsche ich dir und den Jungs viel Glück! Richte ihnen einen schönen Gruß aus!«, bat Johanna.

»Mach ich. Und wenn du uns brauchst, sag Bescheid. Vielleicht benötigt ja dieser Schnösel von einem Kaufmannssohn mal wieder eine Abreibung. Ich hoffe, der lässt dich in Ruhe!« Krischer spuckte auf den Boden.

Als Johanna ihm kurz von Andreas berichtete, hörte er skeptisch zu. »Sei trotzdem vorsichtig! Arm und Reich, das geht einfach nicht zusammen.«

Kaum war Johanna um die Ecke gebogen, tauchte Andreas wie aus dem Nichts auf und stellte sich ihr in den Weg. Johanna blieb vor Schreck fast das Herz stehen.

»Mein Gott, hast du mich erschreckt! Was tust du hier?«, wollte sie wissen.

»Ich hab dich vorhin Richtung Griechenmarkt laufen sehen und bin dir gefolgt. Was hattest du mit diesem Kerl zu bereden? Hatte er mich nicht damals festgehalten? Und was hat er dir gegeben?« Andreas sah Johanna herausfordernd an.

»Das kann ich dir nicht sagen. Außerdem ist er mein Freund. Du solltest nicht so abfällig über ihn reden«, meinte Johanna.

»Steckt er mit dieser *Compagnie*, nach der überall gesucht wird, unter einer Decke? Ach, ich vergaß! Du hältst sie ja für unschuldig.« Andreas klang jetzt spöttisch.

War er etwa eifersüchtig auf Krischer, der zu einer Welt gehörte, die Andreas fremd war? Johanna war sich fast sicher und sie hätte ihm gerne von ihrem Plan erzählt. Aber dann hielt er sie womöglich für eine gemeine Diebin.

»Du irrst dich, Andreas. Glaub mir einfach«, versuchte sie ihn zu beschwichtigen.

Doch Andreas starrte sie nur bockig an.

Johanna blieb nichts anderes übrig, als ihn stehen zu lassen. Sie musste nach Hause. Theres wartete.

Als könne Andreas Gedanken lesen, fragte er: »Weiß Theres, dass du dich hier herumtreibst?«

»Nein. Und ich hoffe, das bleibt auch so.« Johanna blickte Andreas flehend an. Doch alles, was sie sah, war Misstrauen.

Vermutlich hatte Krischer doch recht, dachte Johanna auf dem Heimweg. Arm und Reich, das geht einfach nicht zusammen.

Gefahr

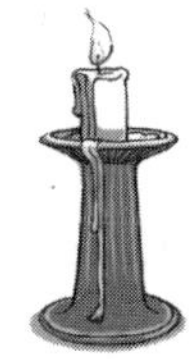

An diesem Abend ließ sich Andreas nicht sehen. Er hatte Johanna zwar nicht bei Theres angeschwärzt, doch zum Lernen war er auch nicht gekommen.

Umso besser, dachte Johanna. Dann kann ich mich früher aus dem Haus schleichen.

Kurz hatte sie gezögert, überlegt, ob sie es wirklich noch mal machen sollte. Für ihre Mutter hatte sie diese Sünde schon einmal begangen. Auch sie hatte damals für ihre Näharbeiten dringend Licht gebraucht, aber kein Geld für Kerzen gehabt. Und der Ruß des Kienspans hätte ihrer Mutter zu sehr in den eh schon überanstrengten Augen gebrannt. Nun brauchte Johanna erneut Licht. Diesmal, um etwas zu lernen.

Kaum war Stille im Haus eingekehrt, stahl sich Johanna hinaus auf die Gasse. Die Nacht war pechrabenschwarz, das Licht des Mondes hinter einer Wolke verborgen. Doch Johanna bewegte sich auch im Dunkeln sicher durch das nächtliche Köln. Die Finsternis hatte auch ihre Vorteile. Man wurde von niemandem gesehen, nicht von zwielichtigen Gestalten und nicht von den Nachtwächtern. Vor denen hatte Johanna am meisten Angst. Denn die würden sie zum Büttel schleppen und dann wäre sie ihre Stellung im Hause Stolzenberg für immer los.

Lautlos wie eine Katze schlich Johanna an den Hauswänden entlang, hielt sich in deren Schatten verborgen. Es war still in dieser Nacht. Nur ab und zu hörte man weit entfernt einen streunenden Hund bellen. Noch nicht einmal das Grölen Betrunkener war zu hören. Fast war die Stille unheimlich. War da nicht eben ein Geräusch gewesen? Johanna fuhr erschrocken herum. Nichts zu sehen. Doch die Unruhe blieb. Ihr Instinkt hatte sie eigentlich noch nie im Stich gelassen und gerade stellten sich ihr die Nackenhaare auf. Folgte ihr jemand oder bildete sie sich das nur ein? Plötzlich hörte sie deutlich Schritte und das Poltern von Rädern auf Kopfsteinpflaster. Johanna drückte sich in einen schmalen Gang zwischen zwei Häusern und verharrte regungslos.

Hinter ihr roch es erbärmlich nach dem Inhalt zahlreicher entleerter Nachttöpfe, doch als der Gestank plötzlich stärker wurde, war Johanna beinahe erleichtert. Es waren die »Meister der Nachtkarren«, die unterwegs waren. So nannte man in Köln die

Latrinenreiniger, spöttisch auch »Goldgräber«. Und da das »braune Gold« so erbärmlich stank, durften sie nur nachts die mehrere Meter tiefen Kloschächte entleeren. Den Inhalt kippten sie meist in den Rhein. Johanna atmete beruhigt auf. Als der Gestank nachließ, wagte sie sich wieder auf die Gasse. Doch nach ein paar Metern glaubte sie erneut Schritte zu hören. Litt sie unter Verfolgungswahn? Nein! Da waren sie wieder!

Bei der nächsten Abzweigung ging Johanna hinter der Hausecke in Deckung und wartete.

Die Schritte kamen näher. Als ihr Verfolger nur noch zwei Meter von ihr entfernt war, wurde er langsamer und blieb stehen. Johanna schlug das Herz bis zum Hals. Sie wagte nicht mehr zu atmen. Ein Kopf schob sich plötzlich um die Ecke und spähte in die Gasse hinein.

Johanna traute ihren Augen nicht. Diesen Blondschopf kannte sie. Blitzschnell packte sie ihren Verfolger am Hemd und zog ihn zu sich. Vor Schreck schrie dieser laut auf, als hätte der Leibhaftige ihn am Schlafittchen. Sofort legte Johanna ihre Hand auf seinen Mund.

»Psst! Sei still! Sonst erwischt uns noch ein Nachtwächter«, zischte Johanna. »Was fällt dir eigentlich ein, nachts hinter mir herzuschleichen? Du bist ein dummer Junge, Andreas Stolzenberg. Weißt du denn nicht, wie gefährlich es nachts in der Stadt ist?«

»Du weißt es ja selbst nicht«, knurrte Andreas zurück. »Oder warum treibst du dich um diese Uhrzeit hier herum?«

»Das geht dich gar nichts an. Schleich dich wieder nach Hause, du verzogenes Muttersöhnchen!«, fauchte Johanna.

»Erst wenn du mir verrätst, was du hier machst!« Andreas sah sie herausfordernd an.

»Nicht im Traum!«

»Wenn du nicht gehst, dann geh ich auch nicht! Basta!«

»Du bist störrisch wie ein Esel, Andreas Stolzenberg. Mach doch, was du willst!« Damit drehte sich Johanna um und ging ihrer Wege. Doch Andreas folgte ihr.

»Wenn du nicht sofort gehst, ruf ich meine Jungs!«, drohte Johanna. »Ein Pfiff genügt und sie sind sofort hier.«

Jetzt wirkte Andreas erschrocken. Eine Begegnung mit Johannas Bande, noch dazu in der Nacht, wollte er nicht riskieren.

»Dann mach doch, was du willst! Aber glaub bloß

nicht, dass du von mir noch mal etwas zu essen bekommst oder ich dir Lesen beibringe!« Andreas war nun ernsthaft beleidigt. Mit einem »Pah!« ließ er Johanna stehen und ging seiner Wege.

Johanna war zum Heulen zumute. Wenn mal etwas schiefging, dann gründlich. Die Freundschaft mit Andreas hatte sie auf jeden Fall gehörig vermasselt. Sollte sie vielleicht doch besser nach Hause gehen? Nein! Jetzt war es sowieso schon zu spät! Und wenn Andreas keine Lust mehr hatte, sie zu unterrichten, dann würde sie es eben alleine versuchen – mithilfe des Buches.

Endlich hatte Johanna St. Peter erreicht. Riesig und dunkel lag die alte Kirche vor ihr. Auf Fremde musste der mächtige Kasten Furcht einflößend wirken. Doch Johanna war das Gotteshaus vertraut. Hier war sie getauft worden, in der Gegend aufgewachsen. Sie und keine andere Kirche war daher ihr Ziel gewesen. Sie kannte den Priester gut. Er war ein nachsichtiger und gütiger Gottesmann, der mit der Not seiner Schäfchen nur allzu vertraut war. Wüsste er von ihrem Vorhaben, so würde er ihr ganz sicher die kleine Sünde verzeihen. Außerdem hatte Johanna sowieso vor, die Kerze zu bezahlen. Sobald sie ihren Lohn hatte. Nach und nach würde sie ihre Schuld abstottern, das Geld in den Opferstock geben. Sie brauchte auch nur eine Kerze und in Kirchen gab es genügend davon.

Johanna huschte um das Gotteshaus herum zu einer kleinen Seitentür. Da sie schon einmal für ihre Mutter eine Kerze gestohlen hatte, wusste sie, dass Krischers Dietrich passte. Gerade wollte Johanna ihn ins Schloss stecken, als sich jemand unerwartet von hinten auf sie stürzte und sie umwarf. Es war schon wieder Andreas.

»Bist du jetzt total verrückt geworden«, schrie Johanna ihn am Boden liegend an.

»Vermutlich!«, fauchte er zurück. »Eigentlich bin ich dir gefolgt, weil ich mir große Sorgen um dich gemacht habe. Ich dachte, wir sind Freunde! Wie kann ich dich da nachts allein durch die Stadt geistern lassen? Du hast doch selbst gesagt, es sei gefährlich!«

Mit dieser Antwort hatte Johanna nicht gerechnet. Er hielt sie also immer noch für eine Freundin. Glücklich strahlte sie ihn an.

Doch Andreas lächelte nicht zurück.

»Du hast recht. Ich bin ein Dummkopf«, sagte er stattdessen. »Auf deine Freundlichkeit bin ich hereingefallen, aber jetzt weiß ich, wer du in Wirklichkeit bist.«

Johanna sah ihn verdutzt an. Wovon redete Andreas? Doch dann ging ihr ein Licht auf.

»Du hältst mich doch wohl nicht für den Kirchendieb?«, fragte sie und lachte.

»Was ist daran so witzig? Nach was sieht das hier denn aus? Es ist Nacht, du hast einen Dietrich und brichst gerade in diese Kirche ein.« Andreas war wieder aufgestanden. »Was soll ich denn sonst denken? Dass du ausgerechnet jetzt hier beten musst?«

»Ja!«, log Johanna. Etwas Besseres fiel ihr nicht ein.

»Gut!«, erwiderte Andreas ruhig. »Dann gehen wir nun zusammen da hinein und beten.«

Der Kaufmannssohn nahm der verblüfften Johanna den Dietrich aus der Hand und steckte ihn ins Schloss. Als er aufsperren wollte, schwang die Tür wie von Geisterhand lautlos auf.

»Ich schwöre, die war schon offen«, flüsterte Andreas erschrocken.

»Das ist aber komisch. Pater Gereon schließt immer ab«, wunderte sich Johanna.

»Lass uns mal nachsehen.«

Ehe Andreas seine Freundin aufhalten konnte, war sie schon hineingehuscht. Ihm blieb nichts anderes übrig, als ihr zu folgen.

»Da vorne in der Sakristei ist jemand!«, flüsterte Johanna. Andreas nickte. Auch er hatte das Kerzenlicht gesehen. Neugierig schlichen beide weiter, versteckten sich immer wieder hinter den Säulen und warteten. Weihrauch hing in der Luft. Neben der Tür zur Sakristei blieben sie stehen, Andreas rechts, Johanna links, und lauschten. Wer auch immer in diesem Raum war, er hatte sie nicht bemerkt. Andreas nickte Johanna zu und beide warfen gleichzeitig einen Blick hinein. Das Kerzenlicht flackerte und warf unheimliche Schatten. Eine Gestalt mit schwarzem Umhang griff nach einem goldenen Kelch und steckte ihn in einen Sack.

Der Kirchendieb!, schoss es Johanna sofort durch den Kopf.

Sein Gesicht konnten sie nicht erkennen, der Mann stand mit dem Rücken zu ihnen. Die Kapuze bedeckte sein Haupt.

Andreas, mit schreckgeweiteten Augen und leichenblassem Gesicht, gab Johanna ein Zeichen, den Rückzug anzutreten. Sie nickte. So lautlos, wie beide hineingeschlichen waren, mussten sie wieder hinaus, unbemerkt von der finsteren Gestalt. Andreas stahl sich als Erster davon, Johanna wollte ihm folgen, sobald er in Sicherheit war. Doch kaum hatte Johanna zwei Schritte gemacht, stolperte sie und fiel der Länge nach hin.

»Autsch!«, schrie Johanna, hielt sich aber sofort die Hand vor den Mund.

Zu spät! Der Dieb hatte sie gehört und drehte sich erschrocken um.

Genau in diesem Augenblick sah auch Johanna sich nach dem Unbekannten um und blickte ihm direkt ins Gesicht. Zwei tiefschwarze Augen funkelten sie wutverzerrt an. Johanna lief ein Schauer über den Rücken. Fast rechnete sie damit, dass sich die Gestalt einem schwarzen dämonischen Schatten gleich erheben und davonfliegen würde, zurück ins Reich der Unterwelt. Doch dann sah sie, wie die Gestalt ein Messer aus ihrem Umhang zog. Und dies hatte nichts mit einer geisterhaften Schattenwelt zu tun, sondern war allzu menschlich.

»Lauf nach Hause, so schnell du kannst!«, schrie sie Andreas zu, der soeben hinaushuschte. Als wäre der Leibhaftige hinter ihr her, rannte Johanna durch das Gotteshaus, hinaus auf die Gasse. Wo war Andreas? Johannas Blick eilte die leere Gasse hinauf und hinunter. Offensichtlich hatte Andreas auf sie gehört. Jetzt musste sie nur noch selbst ihrem Verfolger entkommen, am besten im engen Gassengewirr ihres Viertels. Hier kannte sie sich aus, wusste, welchen Weg sie nehmen musste, um unterzutauchen. Hoffentlich erwischte er sie nicht vorher. Gleich da vorne ging ein Durchgang ab. Dort konnte sie ihn abhängen. Mit letzter Kraft verschwand Johanna um die Ecke und tauchte in die Dunkelheit der Gasse ein. Doch ihr Verfolger blieb ihr weiter auf den Fersen. Seine Schritte hallten bedrohlich durch die Stille der Nacht. Johanna rannte weiter, bog erneut ab und schlüpfte in den Eingang eines heruntergekommenen Hauses. Lautlos glitt sie hinein, schloss die Tür hinter sich und lief weiter, durch das Haus hindurch, in den Hinterhof, dort über die niedrige Mauer, dann in einen anderen Hinterhof, durch dessen Vorderhaus und von dort auf die Straße. Gegenüber im Schatten eines schmalen Durchgangs ließ sie sich völlig außer Atem niedersinken und wartete. Wenigstens hatte der Dieb Andreas nicht gesehen. Aber sie selbst war in großer Gefahr. Der Mann würde nicht zögern, sie zu töten, falls er ihrer habhaft wurde. Er wusste, dass Johanna ihn jederzeit wiedererkennen würde. Warum nur musste sie stolpern?

Johanna erschrak, als jemand sie unsanft anstieß. Sie musste eingenickt sein. Wie lange sie auf dem

Boden kauerte, wusste Johanna nicht. Hatte der Dieb sie erwischt? Mit angstgeweiteten Augen schaute sie auf ihren Peiniger und atmete erleichtert auf.

Krischer hatte sich vor ihr aufgebaut.

»Was tust du hier? Die Sonne geht bald auf. Solltest du nicht in der Rheingasse sein?«

Johanna blickte verschlafen Richtung Himmel. Krischer hatte recht. Ein neuer Tag brach gerade an.

»Oh Gott, schon so spät! Hab jetzt keine Zeit. Ich erklär dir das Ganze ein anderes Mal«, rief sie ihrem Freund zu und rannte nach Hause. Sie war glücklich, ihren Verfolger abgehängt zu haben. Doch dann fielen ihr Andreas und Theres ein. Hoffentlich war ihr Freund gut nach Hause gekommen und hoffentlich war die dienstälteste Küchenmagd noch nicht auf den Beinen.

Nachts in einer mittelalterlichen Stadt

Am Abend wurden die Stadttore geschlossen und die Zugbrücken hochgezogen. Anständige Bürger richteten ihren Tages- und Arbeitsrhythmus nach Sonnenauf- und Sonnenuntergang aus. So waren die Tage im Winter auch tatsächlich kürzer. Um teures Kerzenlicht zu sparen, ging man früh schlafen. Arbeiten konnte man bei der schlechten Beleuchtung sowieso nicht. Im Sommer wurde dies dann durch längeres Arbeiten wieder ausgeglichen. Nachts waren meist nur zwielichtige Gestalten unterwegs, die im Schatten des Mondlichtes ihren Geschäften nachgingen. In der unbeleuchteten Stadt versuchten Nacht- und Turmwächter, für Ruhe und Sicherheit zu sorgen. Einem »anrüchigen« Geschäft gingen die Latrinenreiniger nach, die die Klogruben leerten. Weil der Inhalt ihrer Karren erbärmlich stank, durften sie nur nachts arbeiten.

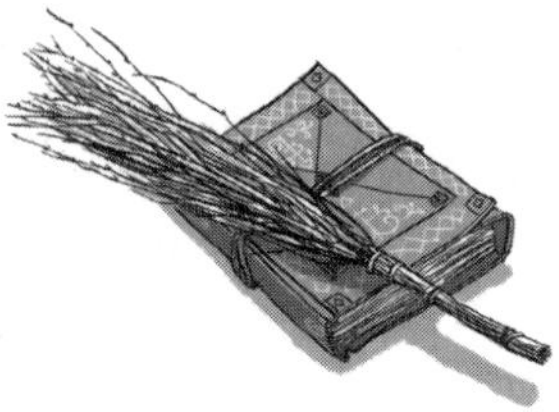

Der Schulmeister

Johanna hatte großes Glück. Im Haus war es noch ruhig. Sie hatte sogar Zeit, sich etwas auszuruhen, ehe Theres sie unfreundlich wecken würde. Hundemüde ließ sich Johanna auf ihr Bett plumpsen und schlief sofort ein, träumte von Dieben und nächtlichen Gassen. Sie rannte und rannte, bis die alte Küchenmagd sie endlich wach rüttelte. Schweißgebadet quälte Johanna sich aus dem Bett. Theres sah ihr verwundert hinterher.

Die Müdigkeit steckte Johanna tief in den Knochen. Den ganzen Morgen war sie zerstreut, machte Fehler, kassierte immer wieder Ohrfeigen. Wenigstens war Andreas heil nach Hause gekommen. Johanna hatte ihn kurz gesehen, als er sich auf den Schulweg machte. Auch er wirkte müde – und erleichtert, sie zu sehen. Gegen Mittag sah Johanna so blass aus, dass Theres fürchtete, sie würde krank werden.

»Vielleicht solltest du an die frische Luft gehen. Ich denke, ein Botengang würde dir guttun.« Die Alte klang überraschend besorgt.

Wenn die wüsste, dass ich nur müde bin, weil ich mich die ganze Nacht herumgetrieben habe, dachte Johanna. Besser, sie ließ Theres in dem Glauben. Und so setzte sie ihre allerbeste Leidensmiene auf und nickte.

»Heute ist Freitag. Lauf zum Rhein hinunter und besorg beim Fischer Mathis am Fischmarkt einen frischen Hecht für die Familie und die übliche Menge Stockfisch für das Personal. Achte darauf, dass er dir einen guten Preis macht! Die Rechnung werde ich heute Nachmittag persönlich begleichen.«

Johanna strahlte plötzlich. Die Aussicht auf den Fluss weckte schlagartig ihre Lebensgeister. Sie schnappte sich den Fischeimer und verschwand, ehe Theres es sich anders überlegen konnte. Wie ein junges Reh rannte Johanna zum Rhein hinunter. Die Tore waren offen und so ging sie auf der Flussseite an der Stadtmauer entlang zu den Verkaufsständen der Rheinfischer. Am Hafen gab es immer viel zu sehen. Wäscherinnen wuschen im Fluss ihre Wäsche, Mühlräder auf schwimmenden Inseln drehten sich unermüdlich mit dem Strom. Weiter hinten sah Johanna die große Fähre, die gerade nach Deutz übersetzte. Eine Brücke über den Rhein gab es nicht. Und so standen mindestens 60 Mann samt Pferden und Wägen dicht gedrängt darauf und beteten zu Gott, er möge sie heil ans andere Ufer geleiten. Es wäre nicht das erste Mal gewesen, dass eine Fähre überladen kenterte. Schließlich wanderte Johannas Blick weiter den Kai entlang. Schiffe aus fernen Ländern und Städten, voll beladen mit Waren aus der ganzen Welt, ankerten hier. Neugierig lief sie an den Hafenarbeitern vorbei und schaute den Männern in den riesigen Laufrädern der Lastenkräne zu. Schweißüberströmt setzten sie einen Fuß vor den anderen, hielten das Rad in Bewegung und halfen so für einen Hungerlohn, die schwere Fracht der Schiffe auf Fuhrwägen umzuladen.

Der Fisch war schnell besorgt, noch dazu zu einem günstigen Preis. Theres würde mit ihr zufrieden sein. Zurück ging Johanna durch die Stadt, an der mächtigen Martinskirche vorbei. Unterwegs blieb sie kurz stehen und schaute einem Gaukler zu, der bunte Bälle gekonnt in der Luft jonglierte. Doch dann fiel ihr Blick auf etwas anderes, ein Eckhaus. Klein und unscheinbar.

War das nicht Andreas' Schule?

Neben dem Eingang hing ein Schild. Was darauf stand, konnte Johanna noch nicht lesen. Sie wusste jedoch, dass darauf die Unterrichtszeiten und die

Unterrichtskosten vermerkt waren. Ihre Eltern hätten sich nicht mal die zwei Holzscheite im Winter leisten können, die man täglich zum Heizen mitbringen musste, geschweige denn Talgkerzen.

Das Schulhaus zog sie magisch an. Ob Andreas' Lehrer wirklich so streng war? Wie es wohl in einer Schule aussah?

Johanna überlegte nicht lange. Und wie es der Zufall wollte, befand sich das Klassenzimmer im Erdgeschoss, genau auf Augenhöhe. Sie musste sich nur ein bisschen auf Zehenspitzen stellen, um einen Blick hineinwerfen zu können.

Der Raum war kahl. Truhen, Regale oder Tische fehlten. Das einzige Möbelstück schien ein hoher Stuhl mit Rückenlehne zu sein, in dem der Lehrer saß. Johanna konnte ihn jedoch nicht sehen, da er genau mit dem Rücken zu ihr saß. Vor dem Schulmeister stand ein etwa siebenjähriger Junge, der laut eine Lektion aus einem Buch vorlas. In der Hand des Lehrers lag eine lange Rute, bereit, bei dem kleinsten Fehler auf den Jungen niederzusausen. Die anderen Schüler, alles Jungen im Alter zwischen sechs und zwölf Jahren, saßen ordentlich in Reihen auf dem Boden, der mit Stroh ausgelegt war. Nur die älteren durften schon hinter niedrigen Bänken knien, da sie bereits mit Tinte und Feder auf kostbarem Papier schrieben. Die jüngeren hatten ihre Wachstafeln in den Schoß gelegt. Einige schrieben, andere rechneten.

Nachdem der Junge geendet hatte, wurde Andreas von seinem Schulmeister aufgefordert, nach vorne zu kommen. Doch der entdeckte im selben Augenblick Johanna am Fenster. Seine Aufmerksamkeit war sofort dahin. Dass sein Lehrer ihn schon zum dritten Mal zu sich rief, hörte er gar nicht. Andreas merkte auch nicht, wie sein Lehrer sich erhob und mit gezückter Rute auf ihn zuging. Der Schlag traf ihn völlig unvorbereitet.

»Wer nicht hören will, muss fühlen«, schimpfte der Mann mit ihm. »Streck deine Hände aus!«

Andreas gehorchte zögernd. Die feinen Birkenzweige der Rute durchschnitten pfeifend die Luft. Johanna hielt den Atem an, sah, wie Andreas vor Schmerz zusammenzuckte. Sofort zeichneten sich rote Striemen auf seinen Handflächen ab. Dann griff der Schulmeister nach Andreas' Ohren und zog ihn mit sich nach vorne. Die anderen Schüler schienen förmlich in Deckung zu gehen, machten sich klein und unscheinbar. Nur nicht auffallen, wenn der Schulmeister wütend war.

Feiglinge, dachte Johanna. Warum taten sie sich nicht zusammen und wehrten sich gegen den Zenker. Gehörten denn nicht die meisten zu Andreas' Bande?

Weiter kam Johanna nicht. Ihr Blick und der des Schulmeisters trafen sich. Es waren dieselben schwarzen Augen wie in der vergangenen Nacht, die des Kirchendiebs.

Auch er erkannte Johanna wieder, erschrak, stand regungslos da. Für Sekunden schien die Zeit stillzustehen, doch dann ging alles blitzschnell. Der Schulmeister ließ Andreas' Ohr los und rannte zur Tür. Auch Johanna begann zu rennen, schlug wie ein Hase Haken um die Leute, die in den Gassen unterwegs waren. Die Angst war übermächtig. Johanna wusste jetzt, wer der Dieb war, und das brachte sie in Lebensgefahr. Einmal nur hatte sie sich kurz umgedreht. Doch das vor Hass verzerrte Gesicht ihres Verfolgers ließ sie schaudern. Er würde nicht eher ruhen, bis er sie zum Schweigen gebracht hatte. Es war noch nicht einmal zwölf Stunden her, dass Johanna durch die Gassen rannte, doch dieses Mal bot ihr die Dunkelheit keinen Schutz. Sie musste unter Menschen. Dort war sie sicherer, konnte vielleicht untertauchen. Doch wo waren die Massen, wenn man sie brauchte? Johanna rannte und rannte, hörte die Flüche der Leute hinter sich und wusste, dass ihr Verfolger ihr immer noch auf den Fersen war. Johanna bog um eine Ecke. Ihr Blick fiel auf einen Jungen, der einen Karren voller Lumpen zog. Claeß, ein Junge aus ihrer Bande. Jetzt musste alles schnell gehen. Johanna drehte sich um, sah, dass ihr Verfolger noch nicht um die Ecke gebogen war. Dann rannte sie blitzschnell auf Claeß zu, stieg in den Handkarren und deckte sich mit den Lumpen zu. Sofort stieg Johanna ein säuerlicher Gestank in die Nase. Sie musste sich zwingen, ruhig liegen zu bleiben und nicht nach frischer Luft zu schnappen. Angewidert von dem Geruch der Lumpen hielt sie die Nase zu und atmete durch den Mund. Wo Claeß die nur aufgesammelt hatte? Besser, sie wusste es nicht. Wenigstens war auf Claeß' Verschwiegenheit Verlass. Ungerührt, als wäre nicht eben ein Mädchen in seine Karre gestiegen, ging er seiner Wege.

Nicht stehen bleiben, dachte Johanna. Nur nicht stehen bleiben.

Die Zeit verstrich und langsam entspannte sich Johanna. Dann polterte der Karren über unebenes Gelände. Das musste der Hof der alten Gülich sein. Sie kaufte den Kindern die aufgesammelten Lumpen ab, wusch sie und verkaufte sie gegen Gewinn weiter an die Papiermühlen. Dort wurden die alten Lumpen für die Papierherstellung gebraucht. Johanna atmete auf, als Claeß sie vom Lumpenberg befreite und ihr versicherte, dass ihm niemand gefolgt war.

»Ich stehe tief in deiner Schuld, mein Freund«, sagte Johanna. »Du hast mir das Leben gerettet.«

»Was war los? Mir ist ein Mann aufgefallen, der jemanden gesucht hat. War ziemlich sauer, als er umkehren musste.« Claeß entblößte ein paar schwarze Zahnstummeln.

»Leider habe ich keine Zeit, dir alles zu erklären. Muss nach Hause, beichten, dass ich den Fisch verloren hab.«

Claeß schaute Johanna neugierig an.

»Ich erklär es dir am Sonntag, nach dem Gottesdienst. Ruf die anderen zusammen. Treffpunkt wie üblich. Ihr werdet staunen, was ich euch berichte. Vielleicht sind wir bald alle unsere Sorgen los.«

Claeß starrte Johanna an, als hätte sie den Verstand verloren. Dann zuckte er mit den Schultern. »Ich sag den anderen Bescheid«, meinte er nur und rief dann die alte Gülich zu sich, um sich für die Ladung zwei Pfennige geben zu lassen.

Schule im Mittelalter

In den Städten gab es teure Lateinschulen und einfache Schreib- und Rechenschulen, in denen auch Mädchen lesen, schreiben und rechnen lernten. In den Lateinschulen wurde nur Latein gesprochen. Es gab die Fächer Grammatik, Logik, Rhetorik und Chorgesang. In einem Schulsack transportierten die Kinder die kostbaren Lehrbücher, wie die ABC-Fibel und das Rechenbüchlein. Da Papier noch sehr teuer war, schrieben die meisten Schüler mit einem Stilo auf wachsbeschichteten Holztafeln. Mit der abgeflachten Rückseite dieses Griffels konnte man das Wachs wieder glätten und erneut beschreiben. Federkiel, Tinte und Papier benutzten nur die »höheren Klassen« der Lateinschulen. Die Lehrer waren streng und die Prügelstrafe war üblich.

Da Schulgeld gezahlt werden musste, gingen viele Kinder nicht zur Schule. Man schätzt, dass nur 5 % der Stadtbevölkerung und nur 1 % der ländlichen Bevölkerung lesen und schreiben konnten.

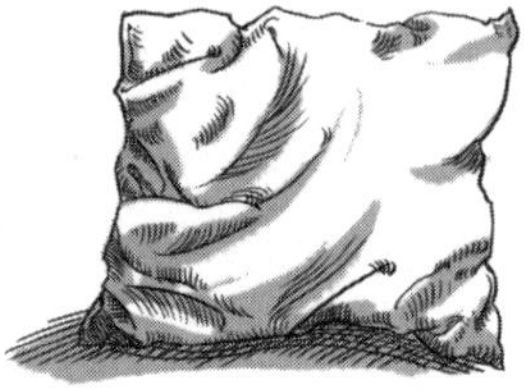

Der Plan

Als Johanna in die Küche stolperte, stand Theres schon mit dem Kochlöffel bereit. Sie brauchte ihn nicht zum Kochen. Stattdessen würde ihr Hinterteil ihn zu spüren bekommen.

»Wo warst du so lange? Und wo sind die Fische?«

Auf dem Heimweg hatte sich Johanna noch Mut gemacht. Zuerst wollte sie einfach die Wahrheit sagen. Doch dann hätte sie auch von ihrem nächtlichen Ausflug erzählen müssen, von dem Dietrich und dem geplanten Kerzenraub in der Kirche. Außerdem hätte sie ihr sowieso nicht geglaubt, dass der Schulmeister der Kirchendieb ist. Sie hörte förmlich die Empörung der redlichen Küchenmagd. Zuerst würde Theres schnauben wie ein Walross, dann ihre Nüstern aufblähen und schließlich in die Luft gehen.

»Wie kannst du dahergelaufene Straßengöre es wagen, einem so feinen Mann wie dem Herrn Schulmeister so etwas Ungeheuerliches anzudichten?« So etwas oder etwas Ähnliches würde Theres sagen. Und dann würde sie Johanna noch mehr bestrafen.

Nein, eine glaubhafte Notlüge musste her. Bis Johanna in der Rheingasse angekommen war, hatte sie eine Geschichte parat. Und die gab sie, wie sie fand, ganz überzeugend wieder.

»Gleich hinter Groß St. Martin, da wo Andreas' Schule ist, hat mir ein gemeiner Dieb den Eimer mit dem Fisch geklaut. Ich bin ihm noch hinterhergerannt, konnte ihn aber nicht einholen.«

Theres sah Johanna lange an, so als würde die Wahrheit ihr im Gesicht stehen. Dann schnaubte sie laut.

»Ich weiß nicht, ob das stimmt, was du mir erzählst, Mädchen. Aber ich will dir noch mal glauben. Mein Gefühl sagt mir nämlich, dass du mir da gerade einen ganz dicken Bären aufgebunden hast.« Dann schnappte sich Theres die Gret und schickte diese mit einem neuen Eimer zum Fischmarkt. Johanna aber ließ sie den Rest des Tages nicht mehr aus den Augen.

Am Abend, als sich alle zum Schlafen niedergelegt hatten, wartete Johanna vergebens auf Andreas. Sosehr sie auch hoffte, dass er kommen, ihr verzeihen und das Lesen und Schreiben beibringen würde, es geschah nicht. Sie wollte ihm unbedingt von ihrer Entdeckung berichten. Er musste doch wissen, dass sein Lehrer ein gemeiner Dieb war. Außerdem war sie ihm noch eine Erklärung schuldig.

Als die Glocken von Groß St. Martin die elfte Stunde schlugen, fasste Johanna einen Entschluss. Wenn der Prophet nicht zum Berg kam, musste der Berg eben zum Propheten. Im Dunkeln schlich sich Johanna in den ersten Stock hinauf, wo die Schlafräume der Familie lagen. Die Holztreppe knarrte furchtbar laut, zumindest kam es Johanna so vor. Es schien eine Ewigkeit zu dauern, bis sie die letzte Stufe erreicht hatte. Andreas, das wusste sie, schlief im linken Zimmer, die Eltern im rechten. Lautlos wie eine Katze trat sie vor die Tür und drückte den Türgriff, so leise es ging, nach unten. Vorsichtig spähte sie hinein. Mondlicht fiel durch die Glasfenster. War dies wirklich Andreas' Zimmer? Da seine älteren Brüder nicht mehr zu Hause wohnten, schlief er allein. Zum Glück. Auf Zehenspitzen schlich sie zu dem riesigen Himmelbett und sah hinein. Johanna atmete auf. Es war eindeutig Andreas' Haarschopf, der unter der Bettdecke hervorschaute.

»He! Schnarchzapfen! Wach auf!«, flüsterte sie.

Andreas grunzte nur und drehte sich um.

Johanna legte ihre Hand auf Andreas' Schulter und rüttelte ihn sanft. »Aufwachen!«

Nun schmatzte er laut, murmelte irgendetwas Unverständliches vor sich hin, drehte sich erneut um und begann auch noch zu schnarchen.

Oh Mann!, dachte Johanna. Da half wohl nur die Holzhammermethode.

Sie packte Andreas' Schultern und schüttelte ihn so lange, bis er die Augen aufschlug. Blitzschnell legte Johanna ihre Hand auf seinen Mund, mit der anderen gab sie ihm ein Zeichen, leise zu sein.

Erst als Andreas nickte, zog Johanna ihre Hand weg.

»Was ist?«, fragte Andreas verschlafen.

»Ich muss mit dir reden«, erklärte Johanna ernst und dann sprudelte es nur so aus ihr heraus, die Sache mit dem Dietrich, ihr nächtlicher Ausflug in die Kirche, die Kerze, die sie zum Lernen brauchte.

Andreas sah sie tadelnd an. »Die Kerze hättest du doch auch von mir haben können.«

»Ja, ich weiß. Aber ich war viel zu stolz, dich darum zu bitten.« Johanna blickte verlegen auf ihre nackten Zehen.

»Stolz und Starrsinn, eine verheerende Kombination«, meinte Andreas und grinste dabei verschmitzt. »Na, wenigstens haben wir so ein echtes Abenteuer erlebt, oder etwa nicht? Wir haben sogar den Kirchendieb auf frischer Tat ertappt. Schade, dass wir nicht wissen, wer er ist.«

»Wissen wir schon«, widersprach Johanna. »Ich habe ihm mitten ins Gesicht gesehen. Es ist …«

Doch weiter kam sie nicht, denn erst jetzt nahm sie das Zimmer richtig wahr. Bisher kannte sie nur das Erdgeschoss. Bis in den ersten Stock war sie noch nicht vorgedrungen. Mit offenem Mund saß Johanna auf der Bettkante und sah sich um.

»Bei allen Heiligen, ist das schön hier!«, rief Johanna. Der Mond stand voll und hell am nächtlichen Himmel, direkt vor Andreas' Fenster. Als wäre er einzig und allein da, um dieses herrliche Zimmer auszuleuchten. Das Glanzstück des Zimmers war das Bett, ein riesiges Himmelbett mit roten Samtvorhängen zum Schließen und einem vermutlich blauen Baldachin voller gelber Sterne. Johanna konnte alles deutlich erkennen. An den Wänden waren allerlei Tiere und Blumenranken gemalt, auch ein paar Einhörner waren zu sehen. An der Rückseite des Bettes hing ein großer Bildteppich. Der Boden war mit frischem duftendem Heu und getrockneten Blüten ausgelegt. Vor dem Bett stand eine mit Schnitzereien verzierte Truhe, in der vermutlich Andreas' Kleider aufbewahrt wurden. Auf einem Bord an der Wand waren bunt bemalte Ritter und Pferde aus Holz und Keramik ordentlich aufgereiht worden.

Auf dem Bett selbst türmten sich flauschig weiche Kissen. Sie waren nicht wie Johannas mit Stroh gefüllt, sondern mit Federn, echten Daunenfedern. Johanna griff danach und drückte ihre Nase hinein. Sie seufzte tief.

»Ich wusste gar nicht, dass etwas so herrlich weich sein kann. Und der Stoff muss von Engeln gewebt sein.«

»Wer, Johanna? Wer ist nun der Dieb?« Andreas hatte für die Schönheit seines Zimmers wenig übrig. Ungeduldig schnipste er vor Johannas Nase herum.

»Wer ist was? Ach ja! Heute Vormittag, als ich euch durchs Fenster vom Schulhaus zugesehen habe …«

»Meine Hand ist immer noch ganz rot«, fiel ihr Andreas ins Wort. »Sieh mal!« Er streckte ihr eine mit roten Striemen durchzogene Handfläche entgegen. »Sei froh, dass der Zenker dich nicht erwischt hat. Mann, ist der gerannt! Nur weil du uns beim Unterricht zugeguckt hast.«

»Das war nicht der Grund«, meinte Johanna und begann zu erzählen.

Ihr Freund lauschte mit offenem Mund.

»Wahnsinn! Mein Schulmeister ist ein gemeiner

Dieb! Ich kann es gar nicht glauben.« Andreas starrte Johanna ungläubig an. Mit dieser Enthüllung hatte er nicht gerechnet. »Bist du dir wirklich sicher?«

Johanna nickte ernst. »Glaub mir's oder nicht.«

Plötzlich grinste Andreas dümmlich. »Weißt du, was das bedeutet? Wir sind den Zenker bald los.«

»Genau. Gleich morgen gehe ich nämlich zum Rat der Stadt und sage: *Der Schulmeister Zenker ist der Kirchendieb. Gebt mir die Belohnung!* Und dann kann ich endlich wieder nach Hause.« Bei dem Gedanken leuchteten Johannas Augen. »Du kannst dir nicht vorstellen, wie sehr ich meine Mutter und Brüder vermisse. Das Geld würde uns mindestens ein Jahr lang reichen, um über die Runden zu kommen. Vielleicht könnten wir uns sogar eine Kammer mit Fenster und Herdstelle leisten. Und Gero muss keine schweren Handlangerarbeiten mehr auf der Dombaustelle verrichten. Vielleicht kann ich ihm sogar einen Schulbesuch bezahlen.« Johanna schmiedete immer herrlichere Pläne, doch Andreas' Miene wurde von Mal zu Mal ernster.

»Wenn es mir schon schwerfällt, dir zu glauben, was denkst du, wie die Ratsherren auf deine Anschuldigung reagieren?«

Johanna machte ein enttäuschtes Gesicht. Auf

einen Schlag waren ihre Träume wie Seifenblasen geplatzt. »Du hast recht. Bestenfalls bekomme ich einen Tritt in meinen Allerwertesten.«

Wie ein Häufchen Elend saß sie nun da und tat Andreas leid.

»Du brauchst Beweise, Johanna. Ohne die brauchst du dort gar nicht antanzen. Aber ich kann dir ja helfen.«

Johanna sah Andreas fragend an.

»Wir beschatten den Zenker auf Schritt und Tritt. Was hältst du davon?«

Johanna war immer noch viel zu enttäuscht, um sich von Andreas' Tatendrang anstecken zu lassen. »Wie sollen wir zwei denn den Zenker beschatten? Ich muss hier arbeiten und du darfst nachts nicht aus dem Haus.«

Doch Andreas ließ sich nicht entmutigen. »Warum nur wir zwei? Du holst deine Bande dazu und ich meine. Zusammen schaffen wir das schon.«

Johanna sah ihn verblüfft an. Krischers Worte kamen ihr wieder in den Sinn. *Arm und Reich. Das geht einfach nicht zusammen.* »Ich glaube nicht, dass das klappt. Meine Leute wollen nichts mit deinen reichen Schnöseln zu tun haben und die nichts mit uns stinkenden Gossenkindern.«

»Und den Zenker willst du deshalb einfach so davonkommen lassen? Er raubt weiterhin ungestraft die Gotteshäuser aus, wird dabei reich, und diesen *Holzbock* lässt du unschuldig hängen?« Andreas sah sie eindringlich an. »Johanna Janssen, das sieht dir aber gar nicht ähnlich!«

Johanna dachte über Andreas' Worte nach.

»Glaubst du wirklich, dass wir sie dazu bringen können, gemeinsam an einem Strang zu ziehen?«

»Warum nicht! Einen Versuch ist es wert. Auf mich hören meine Jungs. Wie es mit deinen steht, weiß ich nicht.«

Jetzt fühlte sich Johanna in ihrer Anführerehre gekränkt.

»Sie folgen mir aufs Wort. Du wirst schon sehen.«

»Gut! Dann lass uns ein Treffen vereinbaren!«

»Ich treffe mich mit meinen Jungs am Sonntag. Da habe ich vormittags frei. Gleich nach dem Gottesdienst unten am Hafen, wo die niederrheinischen Schiffe ankern. Dort gibt es immer was zu sehen«, meinte Johanna zögerlich. Sie war noch immer skeptisch.

»Das klappt schon. Wirst sehen. Bis dahin haben wir noch einen ganzen Tag Zeit, uns zu überlegen, wie wir den Zenker überführen.« Andreas war voller

Abenteuerlust. »Wir finden das Diebesgut, dann kann er nichts mehr abstreiten.«

Andreas' Zuversicht sprang schließlich doch noch auf Johanna über.

»Genau! Und dann sag ich zu den feinen Ratsherren: *Her mit der Belohnung!* Und das viele Geld teile ich dann auf. Den größten Anteil bekommt meine Mutter. Und meine Bande bekommt natürlich auch etwas.« Johannas Augen leuchteten. »Was glaubst du, wie viel es ist?«

Andreas zuckte mit den Schultern. »Ich weiß es nicht. Aber bevor du das Geld verplanst, müssen wir Beweise finden. Lass uns jetzt schlafen. Denn wenn wir müde sind, finden wir garantiert nichts heraus. Außerdem muss ich morgen auf jeden Fall den Meister Zenker über mich ergehen lassen. Also gute Nacht.«

Johanna gähnte plötzlich. Die letzte Nacht steckte ihr noch in den Knochen. Und es war bereits kurz vor Mitternacht. »Du hast recht. Gute Nacht, Andreas«, sagte sie müde und wandte sich zur Tür.

»Gleich morgen in der Schule sage ich meinen Leuten Bescheid«, flüsterte Andreas noch, ehe auch er herzhaft gähnte und sich in seine weichen Kissen plumpsen ließ.

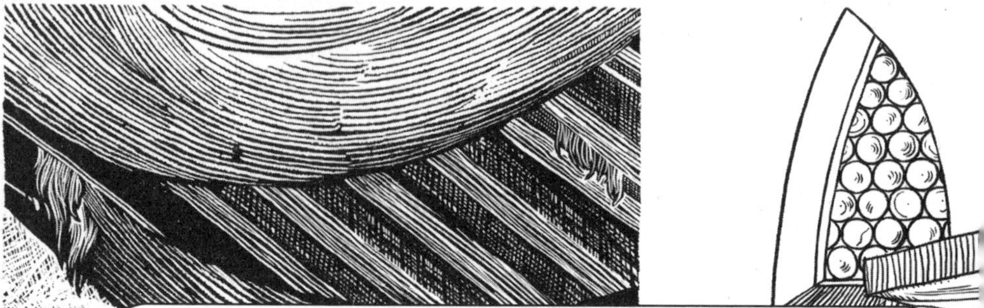

Schlafgewohnheiten im Mittelalter

Die meisten Menschen schliefen auf einem einfachen Bett. Der Boden bestand aus gespannten Strängen und Bändern. Da sie fast sitzend schliefen, waren die Betten sehr kurz und die Kissen riesig. Das Bettzeug der Ärmeren war mit Stroh ausgefüllt, das der Reichen mit teuren Daunen. Die Wohlhabenden schliefen auch oft in einem Himmelbett mit schweren Vorhängen und Stoffdach. Es sammelte die Wärme der Schlafenden und schützte vor Zugluft und unliebsamem Ungeziefer. Übrigens waren Bettdecken und Kissen wertvoll und wurden über Generationen weitervererbt! Man schlief auch selten alleine in einem Bett. Mindestens zwei Schläfer teilten sich ein Bett!

Das Treffen

Den ganzen Samstag hatte sich Johanna Gedanken darüber gemacht, wie sie ihre Jungs zur Zusammenarbeit mit dem Feind überreden könnte. Die Belohnung würde hoffentlich Anreiz genug sein. Wie aber Andreas seine reichen Freunde überzeugen wollte, war ihr ein Rätsel.

Der Sonntag kam, und Johanna sah endlich ihre Familie wieder, wenn auch nur in der Kirche.

Ihre Mutter und Brüder erwarteten sie bereits ungeduldig vor dem Eingang. Jeder wollte sie in die Arme schließen. Alle redeten gleichzeitig auf sie ein und wollten wissen, wie es ihr ging, wie es in einem so herrschaftlichen Haus aussah und was sie den ganzen Tag machte. Johanna aber brachte kein Wort heraus. Tränen liefen ihr über das Gesicht.

Während der gesamten Messe hielt Johanna die Hand ihrer Mutter fest, ließ sie nicht einmal los. Die andere Hand bekam Gero. Die beiden Kleinen klammerten sich an die Beine ihrer großen Schwester. So standen sie über eine Stunde lang mitten unter zahlreichen anderen Gläubigen und warteten auf den priesterlichen Segen.

Der sonst nie enden wollende Gottesdienst verging diesmal wie im Flug. Am liebsten hätte Johanna die Zeit angehalten. Die Unruhe um sie herum und die Rempeleien störten sie nicht. Es war immer so während des Gottesdienstes. Die Leute waren ständig in Bewegung, machten irgendwelche Geschäfte, verscheuchten streunende Hunde, die aufdringlich um Fressen bettelten, oder unterhielten sich über den neuesten Klatsch.

Nicht einmal ihre Mutter brachten sie diesmal aus der Fassung. Normalerweise würde sie ihnen böse Blicke zuwerfen und vor sich hin schimpfen: »Wie damals, als Jesus in den Tempel ging und alle Verkäufer und Käufer vertrieben hatte. *Mein Haus soll ein Bethaus sein*, hatte er ihnen gesagt. Die Leute sollten sich schämen. Auch wenn man kein Wort Latein versteht, so sollte man doch innehalten und mit seinem Herzen und all seinen Gedanken bei Gott, der Mutter Maria und all den Heiligen sein.« Aber dieses Mal schien die Welt um sie herum nicht zu existieren.

Nachdem die Glocken läuteten, wurden die Gläubigen und auch Johanna wieder in ihren Alltag entlassen. Johanna gab ihrer Mutter und ihren Brüdern zum Abschied einen Kuss.

»Ich muss leider schon zurück in die Küche«, log sie und schämte sich etwas dafür, weil sie doch in einem Gotteshaus waren. In Wirklichkeit hatte sie noch bis zum späten Nachmittag frei. Aber ein wichtiges Treffen wartete auf Johanna, von dem ihre Familie am besten nichts wusste. Wenn ihr Plan aufginge, wollte sie ihre Mutter mit der Belohnung überraschen. Falls es nicht klappen sollte, wäre sie wenigstens nicht enttäuscht. Außerdem würde sich ihre Mutter nur Sorgen machen und ihr die Nachforschungen verbieten. Dieser Gedanke beruhigte Johannas schlechtes Gewissen etwas und so eilte sie erleichtert hinunter zum Rhein.

Als Johanna an der verabredeten Stelle ankam, stellte sie entsetzt fest, dass ihre Jungs schon da waren. Und die von Andreas. Krischer und einer der Kaufmannssöhne, er hieß Mathias, wälzten sich bereits im Dreck und zogen sich gegenseitig an den Haaren. Die anderen standen sich im sicheren Abstand gegenüber und feuerten lautstark die beiden Kampfhähne an.

Johanna sah sich um. Wo war Andreas? Nicht da!

»He, ihr Matschbirnen. Hört auf damit!«, rief sie

vergebens. Niemand nahm Notiz von ihr. Ungeduldig hielt sie nach Andreas Ausschau.

Völlig abgehetzt kam er um die Ecke gebogen. Sein Blick fiel sofort auf die sich streitende Meute. Ohne zu zögern, steckte er Daumen und Zeigefinger in den Mund und pfiff so laut, dass alle verstummten. Sogar die beiden Raufbolde hielten inne.

Dann gingen er und Johanna gemeinsam dazwischen, zerrten die beiden Kämpen auseinander und erklärten, warum sie beide Banden hierherbestellt hatten.

»Denkt daran, Jungs. Immerhin wären wir dann unseren heiß und innig gehassten Schulmeister los!«, erinnerte Andreas eindringlich seine Leute.

Aufgeregt redeten alle durcheinander. Sie waren sich nur darin einig, dass sie mit den *anderen* nichts zu tun haben wollten.

»Warum sollten wir nicht auf eigene Faust die Beute suchen und die Belohnung und den Ruhm nur für uns ernten? Immerhin ist es unser Schulmeister«, wollte ein Junge aus Andreas' Bande wissen. Johanna mochte ihn nicht. Sein Name war Ludwig.

Eingebildeter Angeber, dachte sie und erschrak bei dem Gedanken. Auch sie war nicht frei von Vorurteilen.

»Immerhin hat unsere Anführerin ihn entlarvt«, warf Claeß ein. »Ihr Blindfische wüsstet doch gar nichts von den Nebeneinkünften eures Meisterleins!«

»Das nimmst du zurück, du stinkender Lumpensammler!«, keifte Ludwig.

Der Schlagabtausch war nun im vollen Gang. Jeder wusste den anderen zu beleidigen und zu kränken.

»Ihr verzogenen Pfeffersäcke!«

»Ihr unnütze Pflastertreter!«

»Dukatenscheißer!«

»Beutelschneider!«

»Betrüger!«

»Haltet die Klappe!«, brüllten nun Andreas und Johanna gemeinsam aus Leibeskräften. »Wenn ihr uns nicht helfen wollt, dann machen wir es eben alleine. Ohne euch!«, drohte Andreas.

»Und neue Anführer für die Banden könnt ihr dann auch suchen«, fügte Johanna hinzu.

Das hatte gesessen. Die Anführer im Stich lassen ging nun doch gegen ihre Ehre. So etwas wollte sich keiner nachsagen lassen. Mit großem Gemurre gaben schließlich alle nach.

»Heißt das, ihr wollt euch zusammenreißen und wenigstens dieses eine Mal zusammenarbeiten?«, hakte Andreas nach.

Wieder murmelten alle vor sich hin.

Ludwig ergriff nun das Wort. »Wenn das so ist, dann wollen wir auch die Hälfte der Belohnung, damit das klar ist«, rief er herausfordernd. Die anderen Jungs aus seiner Bande stimmten ihm lauthals zu.

Andreas warf einen Blick auf Johanna, die das Geld so dringend brauchte. Doch ehe er sich einmischen konnte, ergriff sie das Wort: »Ist es für euch nicht Belohnung genug, diesen fiesen Schulmeister loszuwerden? Außerdem habt ihr doch genügend Geld. Seht euch doch an. Euch mangelt es an nichts. Wenn ihr sehen könntet, wie ich und meine Freunde leben, würdet ihr euch schämen.«

»Dann zeigt uns doch euer Zuhause!« Ludwig sah Johanna herausfordernd an.

»Glaub mir, du willst es nicht wirklich sehen.«

»Doch! Will ich schon!« Ludwig war jetzt stur.

»Na gut. Ich mache euch einen Vorschlag. Ich zeige dir und Andreas mein Zuhause, stellvertretend für alle anderen. Aber ihr müsst mir versprechen, mich danach nicht zu verachten.«

Ludwig nickte. »Versprochen. Und wenn wir dann finden, dass ihr das Geld dringend braucht, musst du nicht teilen. Ansonsten bekommen wir unseren Anteil! Abgemacht?«

»Abgemacht.«

»Wenn das so ist, dann gebt euch die Hände«, forderte Andreas sie auf. Dem Frieden traute er noch nicht. Aber er wusste, dass ein Handschlag für alle bindend war. So viel Ehrgefühl besaßen sie alle, egal ob reich oder arm.

Wieder ging ein Raunen durch die Jungs und Mädchen. Doch dann machte Krischer den Anfang und streckte Mathias die Hand entgegen. Zögernd griff der danach, als könnte er sich bei der Berührung die Pestilenz holen. Die andern folgten ihrem Beispiel und Johanna und Andreas atmeten erleichtert auf.

»Nun, da dies geschafft ist, lasst uns gemeinsam zur Schule gehen und sehen, ob der Zenker da ist. Wenn nicht, schleichen wir uns hinein und durchsuchen das Haus von oben bis unten«, schlug Johanna vor.

»Wie willst du hineinkommen?«, fragte Ludwig herausfordernd.

Johanna griff in ihren Beutel am Gürtel und holte Krischers Dietrich heraus. »Damit!«

»Also doch Diebesgesindel!«, stichelte Ludwig wieder.

»Weißt du was Besseres?«, fragte Andreas ihn. Der Junge schüttelte den Kopf.

»Was ist, wenn der Zenker zu Hause ist?«, wollte Claeß wissen.

»Wir klopfen artig an und tun so, als würden wir ihn in einer dringenden Angelegenheit sprechen müssen. Uns wird schon etwas einfallen, solange ihr euch nicht zeigt«, meinte ein anderer aus Andreas' Bande zuversichtlich.

»Dann ist ja alles klar. Auf zum Schulhaus!«, rief Andreas und rannte voraus. Die anderen folgten.

Dort angekommen, ging Johannas Bande, wie abgemacht, in Deckung. Die anderen Jungs traten an die Tür und klopften. Nichts geschah. Sie klopften erneut. Nichts. Im ganzen Haus herrschte Stille. Offenbar war niemand zu Hause. Sofort kamen die anderen aus ihrem Versteck.

»Zwei von uns bleiben vor der Tür. Falls der Zenker kommt, müssen sie ihn aufhalten. Wir anderen verteilen uns im Haus und suchen.«

Alle nickten und Krischer bekam den Dietrich zurück. Es war seiner und somit seine Aufgabe, die Tür zu öffnen. Nachdem sie sich noch mal vergewissert hatten, dass niemand sie beobachtete, sperrte Krischer auf und einer nach dem anderen schlüpfte hinein.

Während Andreas' Leute den Schulraum im Erdgeschoss durchsuchten, nahmen sich Johanna und ihre Leute die Wohnung im Obergeschoss vor. Sie war zwar nicht so fürstlich eingerichtet wie Andreas' Haus, aber dennoch überaus ansehnlich, fast üppig. Es gab eine reich ausgestattete Küche mit Herdstelle, kleinem Tisch und zwei Hocker, eine Schlafkammer mit edlem Himmelbett sowie ein Studierzimmer mit großem gemütlichem Kachelofen. In den Fenstern waren sogar diese kleinen modernen Glasbutzen, durch die viel Licht fiel.

»Es ist mir ein Rätsel, warum der Mann stiehlt. Der muss doch steinreich sein. Wenn ich es so schön hätte, käme ich niemals auf die Idee«, meinte Claeß kopfschüttelnd. »Wie kann man nur den Galgen riskieren, wenn es einem so gut geht?«

»Nehmt ja nichts mit! Und verändert nichts!«, ermahnte Johanna ihre Jungs vorsichtshalber.

Nach einer halben Stunde trafen sich alle wieder auf der Gasse. Von dem Diebesgut gab es keine Spur.

»Vielleicht hat er die Sachen schon verkauft«, schlug Andreas vor.

»Nein. Dann hätte ich etwas gehört«, meinte ein Junge, den alle *Zecke* nannten. Er gehörte zu Johannas Leuten. Sein Vater war Hehler, der mit gestohlenen Sachen handelte. Er wusste also ganz genau, dass das

Diebesgut keine neuen Besitzer hatte. »Mein Vater hätte es sicher erfahren. Heute Morgen hat er gesagt, dass die Kirchenschätze noch viel zu heiß sind, um sie auf dem Markt anzubieten.«

»Dann muss er es woanders verstecken. Habt ihr eine Vorstellung, wo?«, fragte Johanna Zenkers Schüler.

Niemand wusste etwas.

»Lasst ihn uns abwechselnd beschatten«, schlug Krischer vor. »Während des Unterrichtes behaltet ihr ihn im Auge, danach werden wir ihm wie sein Schatten folgen, lautlos und unbemerkt. Von nun an wird der Mann nicht einmal mehr in der Nase bohren können, ohne dass wir es sehen.«

»Genau!«, stimmte Ludwig zu.

»Und wir fangen gleich damit an«, schlug Claeß vor.

Alle waren einverstanden. Johanna und Andreas strahlten. Sie hatten tatsächlich das scheinbar Unmögliche geschafft. Arm und Reich. Das geht vielleicht doch zusammen.

Der Rhein als Handelsweg

Der Rhein war und ist eine der verkehrsreichsten Wasserstraßen der Welt. Von Rotterdam an der Nordsee bis Köln konnten relativ große, bauchige Schiffe und kleine Seeschiffe den Strom befahren. Südlich von Köln bis Basel war der Fluss weniger tief und die Schifffahrt nur mit flacheren, kiellosen Schiffen möglich. So war Köln zum natürlichen Umschlagplatz geworden. Hier mussten die Waren auf den jeweils anderen Schiffstyp umgeladen werden, was die Kölner durch das Stapelrecht geschickt für sich nutzten. Jeder Händler musste seine Ware entladen und zum Verkauf anbieten. Am befestigten Rheinufer wurden die Waren mit Kränen abgeladen. Stromaufwärts mussten sämtliche Schiffe von Pferden gegen den Strom gezogen werden, was viel Zeit in Anspruch nahm. Es war aber allemal sicherer als die schlechten Wege zu Land, auf denen man von Wegelagerern und Raubrittern überfallen werden konnte.

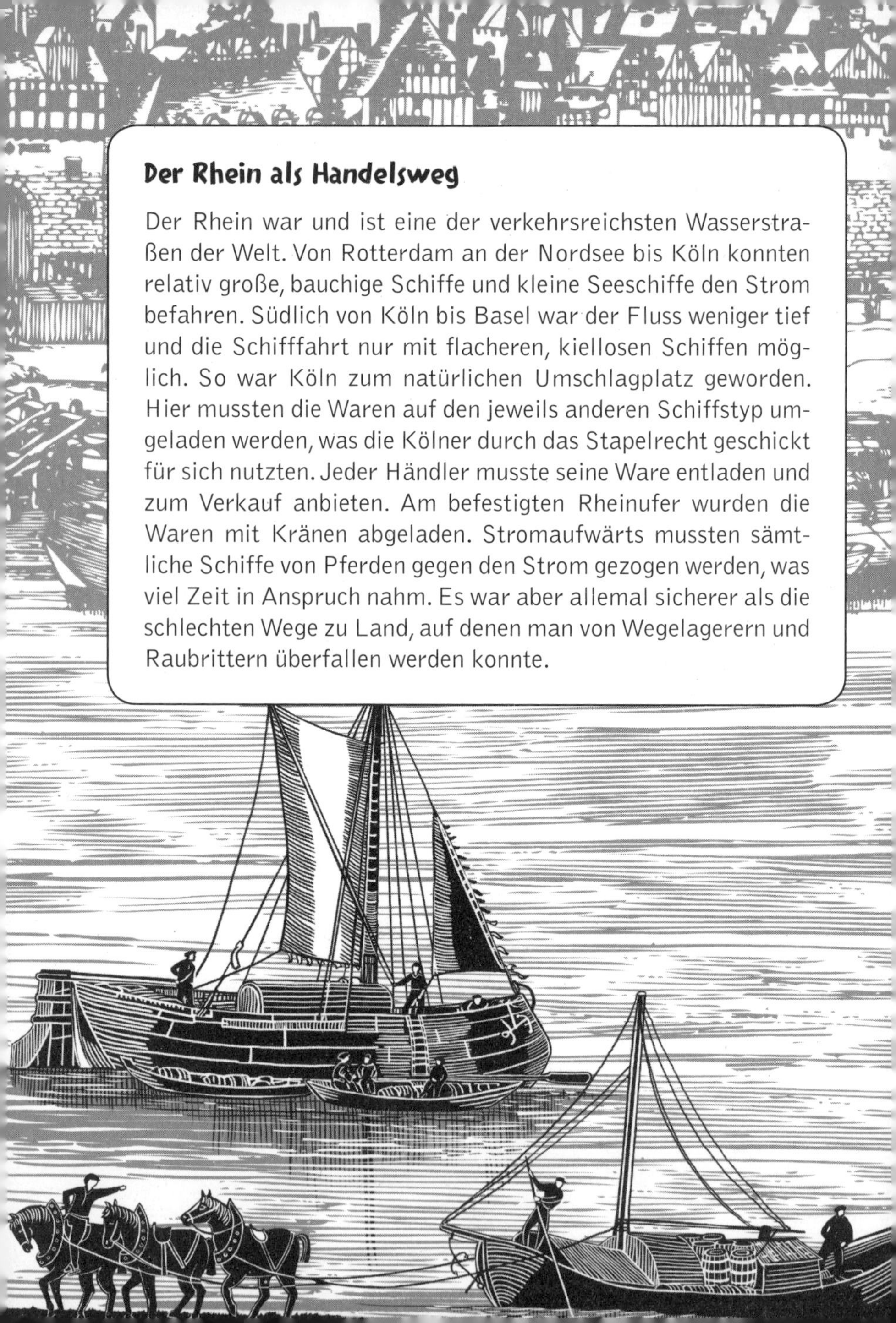

Verhängnisvoller Besuch

Die Woche verging. Obwohl die Kinder den Schulmeister Tag und Nacht nicht aus den Augen ließen, blieb das Diebesgut unauffindbar. Die Wege des Mannes führten zu keinerlei Versteck, er schleppte nichts Verdächtiges mit sich herum und sämtliche Besuche hatten mit der Schule zu tun. Es gab auch keine weiteren Einbrüche. Von Tag zu Tag sah Johanna die Belohnung mehr dahinschwinden.

»Was, wenn ich mich getäuscht habe?«, fragte Johanna unsicher, als sie abends mit Andreas lernte.

»Wäre er dir dann wie ein Irrer hinterhergerannt, als er dich am Schulhausfenster gesehen hat?«, meinte Andreas.

Doch Johanna schüttelte den Kopf. »Vielleicht mag er es nicht, beobachtet zu werden, oder er hatte einfach schlechte Laune.«

»Denk nach, Johanna! Du hast ihn eindeutig wiedererkannt.«

»Ja, aber wenn du ihn beim Stehlen in der Kirche nur auch gesehen hättest, dann …«

»Dann hätte er mich doch auch erkannt. Ich möchte mir gar nicht ausmalen, was er mit mir angestellt hätte.« Andreas schauderte bei dem Gedanken. »Wir kriegen ihn. Du wirst schon sehen«, versuchte er, seine Freundin aufzumuntern. Aber Johanna hatte sich viel zu viele Hoffnungen auf die reiche Belohnung gemacht, sich darauf gefreut, wieder zu Hause wohnen zu dürfen. Ihre Enttäuschung war einfach zu groß. Außerdem rückte auch für *Holzbock* der Tag der Hinrichtung immer näher.

Der nächste Tag, ein Samstag, begann dann doch ganz hoffnungsvoll. Völlig unerwartet gab Theres Johanna am Mittag frei, um ihre Familie zu besuchen. Sie hatte ihr sogar in ein Leinentuch Brot, Käse und ein großes Stück geräucherten Schinken für ihre Mutter und ihre Brüder eingepackt.

»Weil du die Woche so fleißig gearbeitet hast«, hatte sie gesagt und sie sogar dabei angelächelt.

Johanna hatte sich wie an Weihnachten gefühlt und für einen Moment sogar den Schulmeister vergessen. Ihre Mutter und Brüder machten große Augen, als Johanna das festliche Essen auspackte. Am Nachmittag war Johanna wieder zurück in der Rheingasse. Zu ihrer Überraschung war Theres immer noch nett zu ihr. Sie musste heute nicht wie üblich Gemüse schnippeln, sondern durfte für die kranke Ursula einspringen und dem Kaufmann und seinem Besuch Getränke auftragen.

»Stolzenberg empfängt heute nicht unten in der Schreibstube«, meinte Theres und schickte Johanna in den ersten Stock.

Sie freute sich riesig, denn sie konnte sich an den herrschaftlichen Räumen mit den bunten Wandteppichen, die man Gobelins nennt, nicht sattsehen. Laut Theres hatte sie Stolzenberg eigens aus Frankreich kommen lassen. Ganze Bildergeschichten gab es zu sehen, allerlei Fabeltiere und das höfisch-ritterliche Leben. Sie waren ein Vermögen wert, kosteten so viel wie ein ganzes Haus. Das traf auch auf vieles in der Küche zu. Allein die fremd klingenden Gewürze aus dem fernen Indien, allen voran der Pfeffer, oder die zahlreichen Früchte aus dem Mittelmeerraum standen den wertvollen venezianischen Gläsern, den bunten Keramikschüsseln aus Andalusien oder der hochwertigen Seide aus China in nichts nach.

Johanna zog ihr Sonntagskleid an, da Theres meinte, mit ihrem Küchenkleid wäre sie für den Besuch des Herren kein schöner Anblick.

Mit einer Kanne teurem französischem Rotwein in der Hand eilte sie die Treppe hinauf in den Saal.

So wie es ihr beigebracht worden war, klopfte sie an der Tür und wartete auf ein *Herein.* Mit demütig gesenktem Kopf ging sie zum Tisch. Aus den Augenwinkeln sah sie dort Herrn Stolzenberg mit einem Mann sitzen. Sie waren in ein Gespräch vertieft. Johanna konnte nur ein paar Wortfetzen hören.

Als aber ihr Herr fragte: »Wie macht sich mein Sohn nun in lateinischer Grammatik?«, wäre Johanna vor Schreck beinahe die Kanne aus der Hand gefallen. War der geheimnisvolle Gast etwa der Schulmeister? Johanna konnte sein Gesicht nicht sehen. Er saß mit dem Rücken zur Tür. Nervös warf sie einen Blick hinaus aus dem Fenster, hinunter zur Straße. Wenn jetzt noch einer aus ihrer Bande vor dem Haus herumlungerte, war es tatsächlich der Lehrer. Schließlich wurde er rund um die Uhr beschattet. Johanna stellte sich auf Zehenspitzen, um auf die Gasse hinabblicken zu können. Zu ihrem Entsetzen stand dort Claeß, der den Hauseingang nicht aus dem Auge ließ. Aber dann fiel ihr wieder ein, dass *Zecke* heute für die Beobachtung eingeteilt war. Vielleicht stand Claeß aus einem anderen Grund vor ihrem Haus herum. Doch was wollte Claeß dann hier? Johanna sprechen? Oder hatte er aus irgendeinem Grund mit *Zecke* getauscht? Johannas Blick ging wieder hinüber zu Stolzenbergs Besuch.

Bitte, lass es nicht der Schulmeister sein, betete Johanna im Stillen. Wenn der sie hier sehen und wiedererkennen würde, wäre sie in großer Gefahr.

»Wo bleibst du denn, Mädchen?«, rief Stolzenberg. »Wir würden gerne etwas trinken. Die feinen venezianischen Gläser habe ich schon selbst aus dem Regal genommen. Sie sind einfach zu wertvoll.«

Johanna stand aber immer noch wie angewurzelt da und starrte auf den Rücken des Besuchers.

»Was ist? Komm schon her und schenke uns ein!« Andreas' Vater wandte sich wieder dem Besuch zu. »Verzeiht dem Kind. Sie ist neu in unserem Haus und hat bisher nur in der Küche geholfen. Der Wein wird Euch dennoch munden. Ich habe ihn von meiner letzten Handelsreise aus Frankreich mitgebracht. Ein wirklich edles Tröpfchen.«

Johanna trat langsam näher, überlegte, ob Sie dem Gast einschenken könnte, ohne von ihm gesehen zu werden.

Aber vermutlich wird er mich gar nicht beachten, hoffte Johanna. Schließlich bin ich nur eine Küchenhilfe.

Entschlossen trat sie an den Besucher heran. Dieser griff nach seinem Glas und hielt es dem Mädchen erwartungsfroh entgegen. Schließlich bekam ein einfacher Schulmeister selten einen so teuren Wein zu trinken. Gierig starrte er erst auf die Weinkanne, dann auf Johanna. Ihre Blicke trafen sich. Deutlich war beiden das Wiedererkennen anzusehen. Zenker zog vor Schreck sein Glas weg und Johanna schüttete den wertvollen Wein auf dessen Gewand.

Stolzenberg sprang entsetzt auf und verpasste Johanna eine Ohrfeige. »Was bist du nur für ein ungeschickter Tölpel, Mädchen!«, schimpfte er. Dann zog er ein feines weißes Spitzentuch aus seinem Ärmel und versuchte, den Schulmeister trocken zu reiben. Dieser starrte immer noch wutverzerrt auf Johanna, die sich die linke Wange hielt.

»Es tut mir entsetzlich leid«, entschuldigte sich Stolzenberg wieder und wieder.

»Selbstverständlich wird das Mädchen mit Euch gehen und Euer Gewand unserer Wäscherin zur Reinigung bringen. Die Unkosten trage natürlich ich«, stammelte Andreas' Vater, dem die Situation peinlich war. »Unser Gespräch werden wir bei anfälliger Gelegenheit nachholen.«

Der Schulmeister machte Anstalten zu gehen, drehte sich aber nach Johanna um und wartete.

»Nun geh schon, du Unglückskind!«, forderte Stolzenberg sie auf. »Auf was wartest du?«

»Aber …«, begann Johanna, wurde jedoch sofort von ihrem Herrn unterbrochen.

»Ich will keine Ausflüchte hören, hast du mich verstanden?«

Johanna wollte noch einmal protestieren, merkte aber schnell, dass es keinen Sinn hatte. Was sollte sie auch Stolzenberg sagen? Dass der Schulmeister ein Dieb ist? Nicht einmal sie selbst würde sich das unter diesen Umständen glauben. Und ihrem Herren nicht zu gehorchen konnte sogar mit dem Pranger bestraft werden und dort war sie dem Schulmeister erst recht hilflos ausgeliefert. Daher nickte sie nur und schlich hinter dem Geschädigten her.

Vielleicht ist Claeß noch vor der Tür, dachte sie. Vielleicht kann ich ihm ein Zeichen geben.

Doch unten auf der Straße war von ihrem Freund nichts zu sehen. Johannas Mut schwand dahin. Was würde der Schulmeister mit ihr machen? Sollte sie einfach wegrennen? Kaum hatte sie diesen Gedanken zu Ende gebracht, packte Zenker sie grob am Arm und zog sie hinter sich her. Panisch versuchte sich Johanna zu befreien, doch sein Griff war fest wie ein Schraubstock. Sie hatte keine Chance.

In der Falle

Unterwegs drehte sich Johanna immer wieder um, entdeckte jedoch nirgends ein bekanntes Gesicht. Wo waren nur ihre Freunde, wenn man sie brauchte? Auch vor dem Schulhaus konnte sie keinen von ihnen erblicken.

Unsanft schubste der Schulmeister Johanna hinein und verriegelte die Tür.

»Nun zu dir! Wenn du glaubst, ich habe dich nicht wiedererkannt, dann täuschst du dich. Ich bin Lehrer, ich vergesse keine Gesichter.«

»Ich weiß nicht, wovon Ihr sprecht.« Johanna bemühte sich, so unschuldig wie möglich zu klingen.

»Ich denke doch.« Der Schulmeister kam ihr immer näher. Johanna versuchte nach hinten auszuweichen, stieß aber gegen die Wand.

»Was soll ich jetzt mit dir machen?«

»Ihr gebt mir einfach Euer Gewand und ich bringe es unserer Wäscherin«, schlug Johanna vor.

Doch Zenker ging nicht darauf ein.

»Ich habe nicht vor, mich in einen der Türme

sperren oder gar hängen zu lassen. Das verstehst du doch?« Zenker war jetzt nur noch einen Schritt von Johanna entfernt. Sie beobachtete, wie der Lehrer nach seiner Rute griff und zum Schlag ausholte. Ein Pfiff durchschnitt die Luft, dann sausten die Birkenzweige knapp an Johannas Kopf vorbei. Sie konnte rechtzeitig zur Seite ausweichen. Doch der Schulmeister wurde davon nur noch wütender.

»Du glaubst wohl, du kannst Spielchen mit mir spielen.«

Wieder sauste die Rute auf Johanna nieder und traf sie diesmal am Arm. Ein brennender Schmerz durchfuhr sie.

»Ich werde dich zum Schweigen bringen müssen. Kurz vor meinem Ziel kann ich keine Zeugin gebrauchen.« Wieder und wieder schlug Zenker nach Johanna, die jedes Mal geschickt auswich.

»Ich werde Euch nicht verraten. Wer glaubt schon einem dahergelaufenen Küchenmädchen?«

»Vermutlich hast du damit recht. Aber wäre ich nicht dumm, wenn ich in letzter Sekunde noch ein Risiko eingehen würde?« Zenker drängte Johanna immer weiter in die Ecke. »In spätestens einer Stunde habe ich diese miefige Stadt hinter mir gelassen und werde woanders als gemachter Mann neu anfangen.« Die Wangen des Schulmeisters wurden rot vor Aufregung. »Endlich werde ich reich sein, edlen teuren Franzosenwein trinken, wann immer und so viel ich will. Du ahnst ja nicht, wie satt ich dieses Schulmeisterleben habe. Jeden Tag die verzogenen Söhne dieser reichen Kaufleute zu unterrichten, für einen Hungerlohn und etwas Feuerholz und Kerzen.«

Johanna saß wie eine Maus in der Falle. Grob packte Zenker sie am Arm, drehte ihn auf den Rücken und zwang sie auf die Knie. Wie aus dem Nichts hielt er plötzlich ein Seil in der Hand und fesselte sie damit an Armen und Beinen. »Glaub bloß nicht, dass du einfach so davonkommst«, flüsterte er ihr ins Ohr.

Dann ging er lachend auf den Kachelofen zu. Er öffnete das Türchen des Schürloches und griff hinein. Ein prall gefüllter Beutel kam zum Vorschein, dann noch einer und noch einer. Johanna fluchte innerlich. Diese Kaufmannssöhne waren zu dämlich zum Suchen. Ihre Jungs hätten dieses Versteck sicher nicht übersehen.

»Wie wollt Ihr den Sack voller Diebesgut erklären, wenn Ihr am Stadttor von Wachen befragt werdet?«

Zenker lächelte siegessicher. »Für wie blöde hältst

du mich? Ich werde sicher nicht mit der Beute die Stadt verlassen. Auf mich wartet bereits ein Händler mit einem Beutel voller Geld und du wirst mir ganz sicher nicht in die Quere kommen.«

»Was habt Ihr mit mir vor? Wie wollt Ihr Euer plötzliches Verschwinden erklären?«

»Mach dir darüber keine Sorgen. Nachdem das Feuer das Schulhaus bis auf die Grundmauern niedergebrannt hat, wird niemand nach uns beiden suchen. Wir werden als Opfer der Flammen betrauert werden.« Wieder lachte der Mann.

»Damit kommt Ihr nicht durch. Mein Freund weiß über Euch Bescheid. Er war in der Kirche dabei.«

Das hatte gesessen. Für einen kurzen Augenblick hielt Zenker inne. Doch dann grinste er wieder. »Was soll's? Einen Totgeglaubten wird schließlich niemand richten. Außerdem wird das Feuer für genügend Ablenkung in der Stadt sorgen, sodass ich unbehelligt mein Geschäft tätigen und Köln verlassen kann.«

Johanna zerrte nun mit aller Kraft an ihren Fesseln, doch der Knoten zog sich nur fester zu.

Mit hochrotem Gesicht kniete sich Zenker zu ihr hinunter und stopfte ihr einen alten Lumpen in den Mund.

Johanna glaubte zu ersticken, zwang sich krampfhaft, ruhig durch die Nase zu atmen. Aus den Augenwinkeln sah sie, wie Zenker mit seinem Schlageisen und einem Feuerstein ein kleines Feuer entfachte und den glühenden Zunderschwamm behutsam, fast zärtlich in die gegenüberliegende Ecke des Schulzimmers legte. Sofort entzündete sich das auf dem Boden ausgelegte Stroh.

Dann schnappte sich Zenker sein Bündel und eilte aus dem Haus, ließ Johanna mit den Flammen zurück.

Am Eingangstor herrschte lautes Geschrei, als Andreas nach Hause kam. Der alte Linhart und ein Junge in zerschlissener Kleidung standen im Eingang und diskutierten aufgeregt. War das nicht Claeß? Was wollte er hier?

»Hallo Linhart, hallo Claeß! Was ist los?«, erkundigte sich Andreas neugierig.

Die Angesprochenen unterbrachen für einen kurzen Augenblick ihre hitzige Auseinandersetzung, nur um danach nicht mehr aufeinander, sondern auf Andreas einzubrüllen. Dieser verstand kein Wort.

Der alte Diener keifte etwas von *Diebesgesindel*

und *herumlungerndes Pack*. Doch warum war Claeß so aufgeregt?

»Sei still, Linhart! Claeß wird unser Haus schon nicht ausrauben. Und du sag jetzt, was du hier willst!«, forderte er streng, wie er es schon oft bei seinem Vater beobachtet hatte. Der Alte schwieg sofort, was nicht nur Andreas selbst beeindruckte, sondern auch Johannas Freund. Anerkennend zog Claeß die rechte Augenbraue nach oben, besann sich dann aber sofort wieder.

»Der alte Trottel wollte mich nicht reinlassen. Hab heute mit *Zecke* getauscht und den Schulmeister beschattet. Der war heute bei deinem alten Herren.«

»Bei uns?« Andreas erschrak. »Hoffentlich hat er Johanna nicht gesehen.«

»Da kannst du lange hoffen. Rate mal, mit wem er das Haus soeben verlassen hat.«

Andreas' Magen verkrampfte sich. »Wenn der Johanna erkannt hat, ist sie in großer Gefahr.«

»Ich weiß. Wir brauchen Hilfe. Du musst deinen alten Herren einweihen. Dieser greise Schwachkopf wollte mich ja nicht zu ihm lassen. Es geht um Leben und Tod, habe ich ihm gesagt, aber dieses Schafshirn …«

Andreas fiel ihm ins Wort.

»Wo ist mein Vater?«, wollte er von Linhart wissen, der verdutzt Richtung erster Stock deutete.

Andreas packte Claeß am Hemd und zog ihn mit sich.

Oben im Saal saß Andreas' Vater und trank einsam ein Glas Wein. Als er die Begleitung seines Sohnes sah, hob er überrascht beide Augenbrauen.

»Wen bringst du uns da ins Haus, mein Sohn?«

»Vater, war der Zenker da?«

Der Kaufmann nickte. »Stell dir vor, ich wollte ihm sogar einen meiner besten Weine anbieten. Doch die tollpatschige Küchenhilfe, dieses neue Mädchen, hat ihm den ganzen Wein über das Gewand gekippt. Hab sie gleich mit ihm geschickt. Soll das befleckte Gewand zur Wäscherin bringen.«

Claeß machte sofort am Absatz kehrt. »Ich hol die anderen. Dein Kumpel Ludwig wohnt doch zwei Häuser weiter, oder?« Andreas nickte. »Wir treffen uns am Schulhaus«, rief Claeß noch, als er die Treppe hinuntereilte.

»Was ist hier los?«, erkundigte sich Andreas' Vater, dem nicht entgangen war, wie bleich sein Sohn geworden war.

»Die Johanna ist in großer Gefahr. Ihr müsst sofort den Büttel zur Schule schicken!«

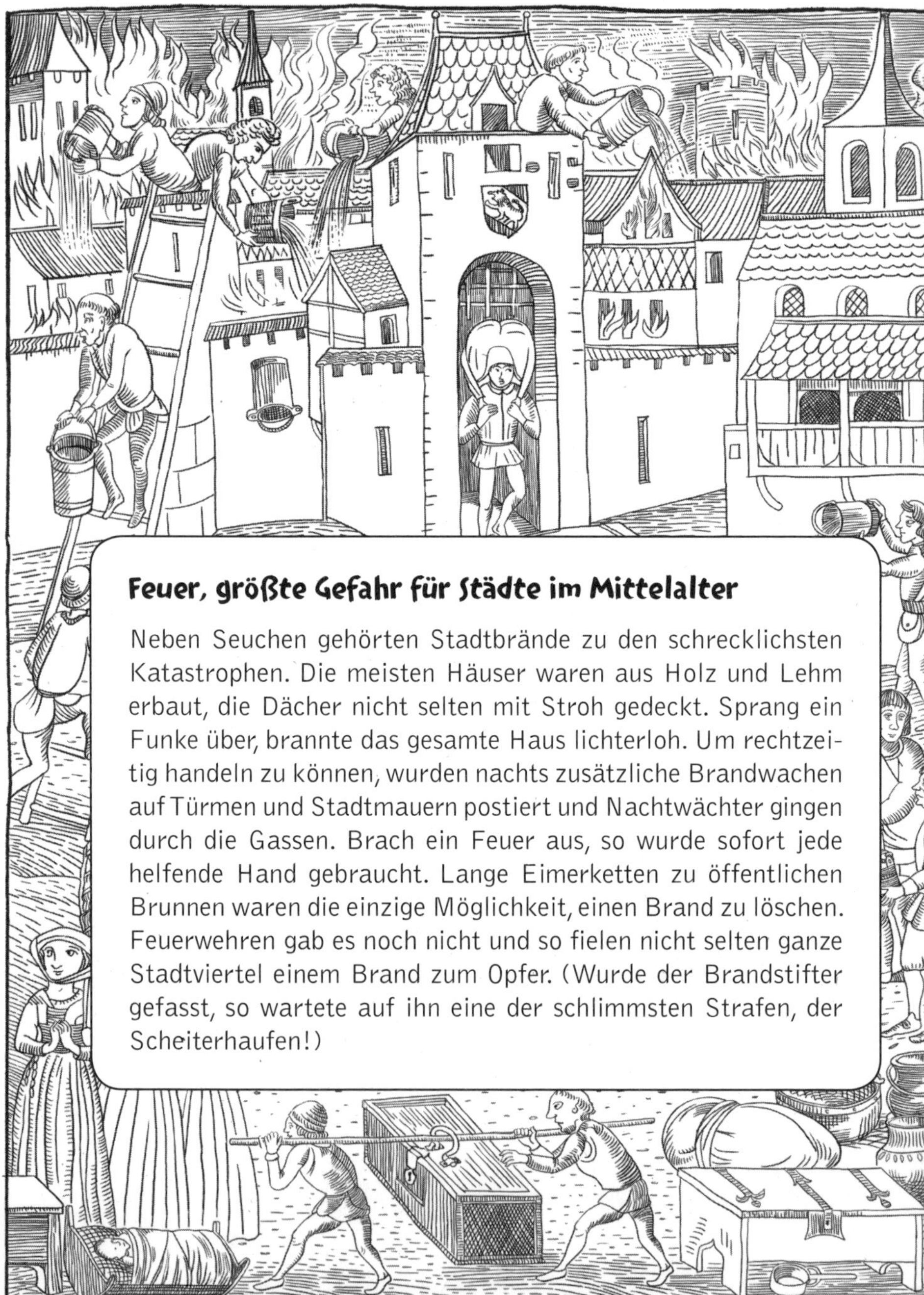

Feuer, größte Gefahr für Städte im Mittelalter

Neben Seuchen gehörten Stadtbrände zu den schrecklichsten Katastrophen. Die meisten Häuser waren aus Holz und Lehm erbaut, die Dächer nicht selten mit Stroh gedeckt. Sprang ein Funke über, brannte das gesamte Haus lichterloh. Um rechtzeitig handeln zu können, wurden nachts zusätzliche Brandwachen auf Türmen und Stadtmauern postiert und Nachtwächter gingen durch die Gassen. Brach ein Feuer aus, so wurde sofort jede helfende Hand gebraucht. Lange Eimerketten zu öffentlichen Brunnen waren die einzige Möglichkeit, einen Brand zu löschen. Feuerwehren gab es noch nicht und so fielen nicht selten ganze Stadtviertel einem Brand zum Opfer. (Wurde der Brandstifter gefasst, so wartete auf ihn eine der schlimmsten Strafen, der Scheiterhaufen!)

»Was muss ich? Wer bitte ist Johanna und warum soll sie in Gefahr sein? Setz dich erst mal zu mir und dann erkläre mir das alles. Aber schön langsam und der Reihe nach.«

Und das tat Andreas. Er ließ nichts aus, und sein Vater hörte aufmerksam zu, ohne ihn zu unterbrechen.

»Sagst du auch die Wahrheit?«, hakte der Kaufmann nach und sah seinem Sohn dabei eindringlich in die Augen. Andreas nickte ernst.

»Du scheinst dir wirklich Sorgen um dieses Mädchen zu machen, mein Sohn. Ich kann die Angst in deinen Augen sehen.« Dann erhob sich sein Vater. »Du bleibst schön hier und ich eile zum Büttel. Mein Wort sollte genügend Gewicht haben.« Und damit verließ der Kaufmann den Saal und stapfte die Treppe hinunter.

Andreas sah seinem Vater verblüfft hinterher. Doch dann fiel ihm Johanna wieder ein. Kaum war sein Vater außer Sichtweite, verließ auch er das Haus und rannte Richtung Schule.

In letzter Sekunde

Als Andreas sich dem Schulhaus näherte, sah er Rauch aus den Fenstern steigen. Hoffentlich war Johanna in Sicherheit. Was abcr, wenn sie in dem Haus war? Schreckliche Angst ergriff Andreas. Er sah, wie Claeß, Krischer und die anderen Jungs gerade in das brennende Gebäude hineinliefen, hörte sie verzweifelt nach Johanna rufen. Ohne an die Gefahr zu denken, folgte Andreas ihnen.

»Zieht eure Hemden aus und versucht das Feuer auszuschlagen. Wir müssen verhindern, dass das Haus lichterloh brennt. Das ganze Stadtviertel ist in Gefahr!«, rief Andreas aufgeregt. Seine Gedanken waren plötzlich glasklar. Als hätte er schon immer Brände gelöscht. »Hat einer von euch Johanna gesehen?« Niemand antwortete. Alle schlugen wie wild auf das Feuer ein, versuchten es zu ersticken, sein Ausbreiten zu verhindern. Der Rauch füllte inzwischen den ganzen Raum, brannte in der Brust. Hustend, den Ärmel schützend vor Mund und Nase haltend, suchte er das Erdgeschoss ab. Doch er konnte in dem dichten Rauch kaum etwas sehen. Einmal glaubte Andreas Johanna gefunden zu haben, doch es war nur ein Haufen Brennholz neben dem Ofen.

Inzwischen brannten auch seine Augen, Tränen vermischten sich mit dem Ruß in der Luft, alles Wischen half nichts. Die Umrisse verschwammen.

Wenn er sie nicht gleich fand, war es zu spät. Er selbst bekam kaum noch Luft. Er hörte, wie die anderen Kinder ebenfalls husteten, manche nach draußen liefen und ihre Lungen wieder mit Luft füllten, um sogleich wieder den Kampf gegen die Flammen aufzunehmen. Fieberhaft suchte Andreas weiter, Schritt für Schritt tastete er sich in dem Raum vorwärts.

Schließlich stieß er gegen etwas Weiches. Voller Angst und Hoffnung zugleich tastete er das Hindernis ab, spürte Haare und hätte am liebsten vor Freude losgeheult. Er hatte sie gefunden.

»Johanna!«, rief er hustend und rüttelte sie. Als er ein schwaches Stöhnen hörte, war er erleichtert. Mit zitternden Händen löste er ihre Fesseln, befreite sie von dem Knebel und eilte mit ihr hinaus an die frische Luft.

Inzwischen waren auch andere auf das Feuer aufmerksam geworden und so dauerte es nicht lange, bis die Gefahr eines Stadtbrandes gebannt war.

»Das Feuer ist gelöscht. Schnell hinaus!«, hörten sie drinnen Krischer rufen.

Gerade als ihre Freunde hustend herausstolperten, kam auch Andreas' Vater mit dem Büttel im Schlepptau am Schulhaus an. Erschrocken blickten sie in die rußgeschwärzten Gesichter der Kinder.

Keuchend berichtete Andreas, was vorgefallen war. Das Entsetzen war den beiden Erwachsenen deutlich anzusehen. Eine Nachbarsfrau, die wohl alles beobachtet hatte, kam mit einem Eimer frischem Wasser angelaufen. »Trinkt hiervon! Trinkt!«, forderte sie die Kinder auf, die sich durstig auf das kühle Nass stürzten.

»Zenker wollte sich mit jemandem treffen, hat aber nicht gesagt, wo«, meinte Johanna schließlich, nachdem sie einen kräftigen Schluck Wasser genommen hatte.

Die Enttäuschung war ihr deutlich anzusehen.

»Macht euch keine Sorgen«, meinte der Büttel. »Den Kerl werden wir so lange suchen, bis wir ihn haben. Als Erstes werde ich die Stadttore schließen lassen und das Auslaufen der Schiffe verbieten. Diebstahl ist eine Sache, aber versuchter Mord und Brandstiftung sind eine andere Sache, nämlich weitaus schlimmer.«

Im selben Augenblick aber kam der kleine Lenz völlig außer Atem angerannt.

»Wir wissen, wo er ist!«, rief er aufgeregt und fuchtelte wild mit den Armen herum. Er und *Zecke* waren dem Schulmeister gefolgt, während die anderen in das Schulhaus gelaufen waren.

Johanna packte ihn fest an beiden Schultern. »Sag, Lenz, wo ist Zenker?«

»Folgt mir einfach. *Zecke* ist dort geblieben, falls er wieder verschwindet.« Und schon eilte er davon, flink wie ein Wiesel, sodass der Kaufmann und der Büttel Schwierigkeiten hatten, ihm zu folgen. Sein Weg führte sie hinunter zum Rhein.

»Dort hinten, am Kai vor dem großen niederrheinischen Schiff, der ›Katharina‹! Er hat sich mit einem Händler getroffen, der heute noch mit ihr ausläuft«, erklärte Lenz. Er wusste über jedes Schiff hier Bescheid. Jede freie Minute verbrachte er am Kai und löcherte die Schiffer mit Fragen. Sein größter Wunsch war es, selbst einmal Kapitän eines großen Schiffes zu sein und die ganze Welt zu bereisen.

Johanna sah *Zecke*, der hinter einem Karren in Deckung gegangen war und die beiden Männer nicht aus den Augen ließ. Zenker überreichte soeben dem Händler die Beutel mit den Kirchenschätzen und nahm stattdessen einen kleineren, prall mit Münzen gefüllten Sack entgegen. Dann folgte er dem Mann Richtung Schiff.

»Er will mit dem Schiff aus der Stadt verschwinden!«, rief Johanna aufgeregt.

Jetzt war die Stunde des Büttels gekommen.

»Schulmeister Zenker, bleibt stehen! Ihr seid verhaftet wegen Diebstahl, versuchtem Mord und Brandstiftung«, brüllte er gebieterisch.

Erschrocken drehte sich Zenker um. Sein hasserfüllter Blick fiel auf Johanna. Sie wusste sofort, dass er es bereute, sie nicht sofort getötet zu haben. Dann aber floh der Schulmeister schon Richtung Stadt, vorbei an Groß St. Martin, über den Alten Markt weiter Richtung Norden. Johanna folgte ihm umgehend. Immer wieder stieß sie mit Passanten zusammen, aber nicht einmal ließ sie den Schulmeister aus den Augen. Die Wut auf ihn und darüber, was er ihr antun wollte, verlieh ihr ungeahnte Kräfte. Sie rannte wie der Teufel. Andreas und die anderen blieben immer dicht hinter ihr. Nur der Büttel und Stolzenberg hatten Mühe mitzuhalten.

Vor ihr ragte schließlich der unvollendete Dom auf, prächtig und unvorstellbar hoch erhob sich der fertige Domchor, in dem die Heiligen Könige aus dem

Morgenland ruhten. Viele Tausende Pilger aus der ganzen christlichen Welt kamen Jahr für Jahr hierher. Obwohl nun schon seit zwei Jahrhunderten an diesem gewaltigen Gotteshaus gebaut wurde, war es noch immer eine Baustelle. Zahlreiche Handlanger, Steinmetze und Maurer hasteten geschäftig umher, bemüht, einen der Türme gen Himmel emporstreben zu lassen. Angeblich sollten sie so hoch werden, dass sie den Himmel berühren können. Johanna sah zu den Gerüsten hinauf. Hatte ihr Vater dort oben gearbeitet? War er von so hoch oben in die Tiefe gestürzt? Andreas riss Johanna aus ihren Gedanken.

»Komm schon! Er ist in das Turminnere geflohen.«

Sofort war Johanna wieder bei der Jagd nach dem Mann, der ihren Tod in Kauf genommen hatte. Sie lief in den offenen Turm hinein. Er wirkte von innen noch größer. Überall lagen zum Teil kunstvoll behauene Steinquader herum. Männer in riesigen Laufrädern trieben Kräne an, die die schweren Steine nach oben an ihren vorgesehenen Platz beförderten. Das unermüdliche *Pling!* der spitzen Hämmer der Steinmetze hallte von der Dombauhütte herüber.

»Da hinten!«, rief Claeß und deutete auf Zenker, der gerade einen Tagelöhner zur Seite stieß.

Johannas Blick wanderte von dort nach oben. War das nicht Gero mit einem schweren Sandsack auf seinem schmächtigen Kinderrücken?

»He! Bruderherz!«, rief Johanna und stieß einen durchdringenden Pfiff aus.

Der Junge schaute zu ihr hinunter. Es war tatsächlich Gero.

»Schnell, wirf den Sack auf den Mistkerl dort, dass es ihm den Staub von den Ohren bläst!«

Gero sah sie verdutzt an.

»Nun halt nicht Maulaffen feil! Mach schon! Der Galgenvogel hat versucht mich umzubringen.«

Das genügte Gero. Ohne zu zögern, hielt er den Sack genau über den Schulmeister und ließ ihn fallen. Das Gewicht des Geschosses streckte den Mann wie vom Blitz getroffen zu Boden.

Auf der Stelle brach ein großes Jubelgeschrei aus. Die Kinder rannten zu dem bewusstlosen Schulmeister. Andreas schnappte sich ein herumliegendes Seil und fesselte den Mann. Als endlich völlig außer Atem der Büttel und Stolzenberg am Schauplatz ankamen, wurden sie von strahlenden Kindergesichtern empfangen. Stolz übergab Johanna dem Büttel den Strick, mit dem sie den Kirchendieb gefesselt hatten. Es blieb nichts weiter zu tun, als den Mann hinter Schloss und Riegel zu bringen und ihn seiner gerechten Strafe zuzuführen.

Doch nicht nur Johanna war stolz, auch Andreas' Vater. Nachdem er wieder genügend Luft bekam, sparte er nicht mit Lob.

»Das habt ihr prima gemacht, Kinder. Gleich morgen werde ich mich im Rat für euch verwenden, damit ihr die euch zustehende Belohnung erhaltet. Und jetzt lade ich euch alle zu mir nach Hause ein. Dort wird Theres alles auftischen, was die Küche zu bieten hat.«

Als er Johannas erschrockenes Gesicht sah, fügte er grinsend hinzu: »Keine Angst, du wirst nicht in der Küche stehen und schnippeln müssen. Dir gebührt heute natürlich wie allen anderen ein Platz an meiner Tafel.«

Und so zog ein freudestrahlender Kinderzug, der nicht unterschiedlicher hätte sein können, Richtung Rheingasse. Lumpenkinder und wohlhabend gekleidete Kaufmannssöhne unterhielten sich aufgeregt miteinander, als gäbe es kein Arm und Reich.

Schon am nächsten Tag kam Stolzenberg mit ausgesprochen guten Neuigkeiten nach Hause. Sofort ließ er Andreas und Johanna zu sich kommen.

»Über die Taten Zenkers wird das Kölner Hochgericht urteilen, aber ich kann euch beiden jetzt schon sagen, dass ihr die Belohnung bekommen werdet. Es sind drei Gulden, sehr viel Geld. Ich hoffe, ihr werdet es gerecht unter euch aufteilen.«

»Macht Euch darüber keine Sorgen, Vater«, mischte sich Andreas ein. »Ich und meine Jungs, wir hatten eine Übereinkunft. Wenn wir finden, dass Johanna und ihre Leute das Geld dringend brauchen, würden wir ihnen unseren Anteil überlassen. Ich war heute Morgen zusammen mit Ludwig in Johannas Zuhause. Sie soll alles bekommen. Ihren Jungs zahlt sie dann den Anteil aus.«

Der Kaufmann sah seinen Sohn voller Stolz an. »Du hast dein Herz auf dem rechten Fleck, mein Junge. Und ich bin immer noch sehr beeindruckt von eurer Zusammenarbeit. Deshalb habe ich mir meine eigenen Gedanken über eine angemessene Belohnung gemacht. Johanna und ihre Freunde haben bewiesen, dass sie wertvolle Mitglieder dieser Stadt sind. Daher werde ich mich persönlich für sie verbürgen, einen Meister finden, der sie aufnimmt, und das Lehrgeld für sie bezahlen. Außerdem werden Johanna und ihre Familie in unser Mietshaus am Heumarkt ziehen. Es ist hell, trocken und besitzt

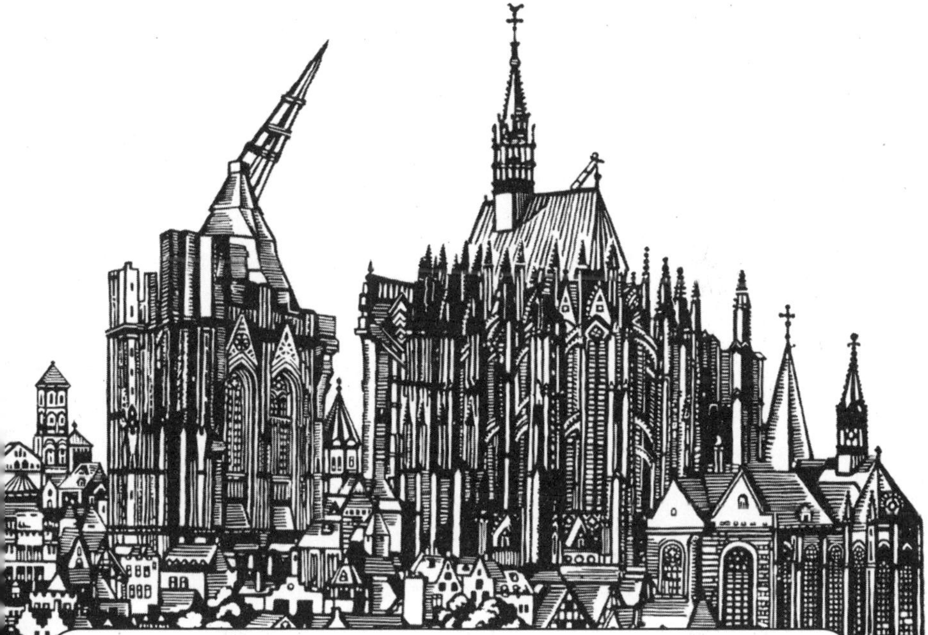

Der Kölner Dom

An keiner Kirche Deutschlands wurde so lange gebaut. Bereits 1248 wurde mit dem Bau des gotischen Doms begonnen, da die Gebeine der Heiligen Drei Könige in einem größeren und prächtigeren Gotteshaus ruhen sollten. Doch das Bauwerk war so gewaltig, dass seine Fertigstellung viel Zeit und Geld kostete. Als das Geld knapp wurde, kam es 1530 zu einem Baustopp. Über 300 Jahre bestimmte der unfertige Dom das Stadtbild. Auf dem Südturm stand sogar noch ein Tretkran aus dem Mittelalter. Erst im 19. Jh. wurde der Bau wieder aufgenommen und 1880, nach über 600 Jahren, fertiggestellt. Der Kölner Dom ist bis heute das zweithöchste Kirchengebäude Deutschlands, das dritthöchste der Welt.

eine Herdstelle. Um die Miete braucht sich deine Mutter keine Sorgen zu machen. Außerdem kann sie für uns als Schneiderin arbeiten. Ich habe mich erkundigt und von allen Seiten nur Lob gehört.«

Johanna stand mit großen Augen und offenem Mund sprachlos da.

»Und nun zu dir, Johanna. Mein Sohn hat mir anvertraut, dass es dein größter Wunsch ist, zur Schule zu gehen. Für das Schulhaus wird ein neuer Lehrer gesucht, dieses Mal jedoch einer mit Ehefrau, die eine Mädchenklasse eröffnen soll. Willst du nicht ihre erste Schülerin sein, Johanna?« Der Kaufmann sah sie verschmitzt an.

Jetzt war Johanna nicht mehr zu bremsen. Sie stürzte auf den Mann zu und umarmte ihn stürmisch. Es war ihr völlig egal, ob es sich gehörte oder nicht. Sie war so glücklich, sie hätte am liebsten die ganze Welt umarmt.

»Und jetzt auf nach Hause. Pack mit deiner Mutter und deinen Brüdern alles zusammen. Ich werde zwei Knechte mit einem Fuhrwagen hinschicken.«

Der Kaufmann hatte kaum den Satz zu Ende gebracht, schon stürmte Johanna davon, mit Andreas im Schlepptau. Sie konnte es gar nicht erwarten, ihrer Mutter die Neuigkeiten zu erzählen.